두 개의 달

FUTATSU NO TSUKI NO MONOGATARI
Text copyright © Yoko TOMIYASU 2012
All rights reserved.
Original Japanese edition published by KODANSHA LTD.
Korean translation rights arranged with KODANSHA LTD.
through JM Contents Agency Co.

이 책의 한국어판 저작권은 JMCA를 통한
저작권사와의 독점 계약으로 ㈜다산북스에 있습니다.
저작권법에 의해 한국 내에서 보호를 받는 저작물이므로 무단전재와 복제를 금합니다.

"왜 그 아이죠?"

보육원 응접실의 낡은 소파 한쪽에서 단호한 목소리가 울렸다. 그녀는 이곳에 근무하는 선생님 중에서는 꽤 선임으로 아이들에 관해 누구보다 잘 알았다.

탁자를 사이에 두고 마주 앉은 초로의 신사에게 따지듯이 물었지만 상대는 대답이 없었다.

"죄송합니다. 변호사님."

가냘픈 목소리로 말을 꺼낸 사람은 소파 가운데에 앉아 있는 원장이었다. 원장은 다부진 체격과는 어울리지 않게 작은 목소리로 변명하듯 조곤조곤 말했다.

"모리 선생님은 아주 오랫동안 그 아이를 담당해 왔습니다. 그런 선생님이 아무래도 위탁하는 쪽에서도 알고 있는 편이 좋을 것 같다고 해서요. 그러니까… 그게… 아이에 관해 몇 가지 말씀드릴 것이 있습니다."

원장은 거기까지 말하고 동의를 구하듯 옆에 앉아 있는 선생님 쪽으로 시선을 돌렸다. 선생님은 고개를 끄덕이더니 변호사에게 말을 건넸다.

"물론 저희로서는 아이를 맡아 주신다니 감사할 뿐입니다. 그래도 이런 일은 워낙 예민한 문제라서요. 아이를 데려간 후에 생각했던 것과 다르다고 하는 분이 가끔 있거든요. 그렇다 보니 저희는 아이와 양육자님의 만남이 잘 이루어지도록 더 자세히 말씀드리려고 해요. 그 아이에 대해 알아 두실 게 있습니다."

탁자 앞의 변호사는 단 한 마디도 하지 않았다. 그의 머리에는 희끗희끗한 머리카락이 제법 많았지만, 큰 키에 건장한 체격이라 그런지 젊고 생기 있어 보였다. 말없이 앉아 있어도 그의 풍모에서는 어딘가 다른 이들을 압도하는 분위기가 느껴졌다.

상대방이 아무런 말도 하지 않자 칙칙한 응접실에 어색한 침묵이 흘렀다. 원장과 교사가 불안한 시선을 교환했다. 변호사 뒤로 보이는 유리창 너머로 눈부신 여름 햇살이 아름답게 빛났다. 눈이 너무 부셔서 창문 블라인드를 반 이상 내려놓았지만, 여전히 햇살이 쏟아져 들어왔다. 햇살이 변호사의 등 뒤를 비추고 있어서 그의 표정은 그림자 속에 잠겨 있었다. 어떤 마음인지 무슨 생각인지 그는 여전히 말이 없었다.

무거운 침묵을 깨고 또다시 모리 선생님이 입을 열었다.

"실례되는 말씀인지도 모르겠습니다만, 위탁을 희망하시는 츠다 씨는 그 아이에 대해 아무것도 모르고 계신 건 아닌가요? 이곳에 직접 오신 적도 거의 없고 매번 대리인인 변호사님이 방문하시지 않았나요?"

아무 말이 없는 상대방에게 화가 났는지, 선생님의 목소리는 조금 전보다 더 날이 서 있었다.

"보통 아이를 데려가려는 분들은 보육원에 자주 오셔서 아이와 여러 번 만나 봅니다. 그렇게 조금씩 서로 마음을 열고 함께 외출도 하고 주말을 보내기도 하면서 차츰 서로를 알아 가고 관계를 쌓아 가지요. 그런데 겨우 몇 번 봤을 뿐이면서 꼭 그 아이를 데려가겠다고 하시다니…, 이 일을 너무 가볍게 생각하시는 게 아닌가요?"

"모리 선생님…."

원장이 타이르듯 말허리를 끊었을 때 변호사가 처음으로 입을 열었다.

"저희 쪽 사정은 이미 알고 계신 줄 알았는데요?"

그의 목소리는 낮고 부드러웠으며 어조는 차분했다. 하지만 원장을 향한 눈빛은 날카로웠다.

"아, 그야 물론입니다."

원장은 순간 움츠러들며 고개를 끄덕였다.

"물론 잘 알고 있습니다. 츠다 님은 일흔으로 고령이신 데다 사는 곳도 멀고 매우 바쁘시니까요. 다른 분들처럼 자주 오기 어렵다는 점은 충분히 이해합니다. 저희는 츠다 님께서 아이를 마음에 들어 하지 않으실까 봐 걱정하는 것뿐입니다. 사람은 첫인상만으로는 좀처럼 알기 어려우니까요."

모리 선생님은 원장의 말을 못 들었다는 듯 탁자 너머의 변호사를 빤히 쳐다보면서 굳은 목소리로 말하기 시작했다.

"그 아이는 무척 아름다운 아이입니다. 누구나 그 아이를 처음 보면, 한동안 숨을 멈추고 눈을 떼지 못하지요. 예전부터 그랬습니다. 아주 어렸을 때부터 그 아이는 다른 아이들에게 없는 매력이 있었어요. 참 이상한 일이지요. 특별히 이목구비가 뚜렷한 것도 아닌데…. 광대뼈는 튀어나오고 턱은 날카롭다고 할 만큼 갸름하죠. 게다가 그 눈… 아이의 눈이 예사롭지 않다는 건 눈치채셨나요? 그 아이는 밤에도 볼 수 있습니다. 눈동자가 어둠 속에서 푸르게 빛나지요. 그런 눈을 가진 아이는 분명 그 아이밖에 없을 겁니다. 어쨌든 아름다운 아이입니다. 누구나 그걸 알지요. 그걸 모르는 사람은 아마 본인뿐일 거예요."

모리 선생님은 생각에 잠긴 듯 가볍게 숨을 내뱉더니 이어서 말했다.

"알고 계시겠지만 그 아이를 키우고 싶어 한 분이 츠다 씨만은 아닙니다. 몇몇 분이 마음에 든다며 그 아이를 데려가겠다고 했었지요. 사실 그 아이는 세 살 때 한 번 어느 부부에게 맡겨진 적이 있습니다. 무척 좋은 분들이었지요. 다정하고 따뜻하고 흠잡을 데 없는 부부였습니다. 저희는 분명 잘 지낼 거라고 믿었는데, 아니었어요. 아이는 일 년도 채 지나지 않아 이곳으로 돌아왔습니다. 부부는 도저히 그 아이와 함께 살 수 없다고 하더군요."

원장은 불안한 눈빛으로 중간에 끼어들 기회를 엿보는 듯했다. 하지만 모리 선생님은 끼어들 틈을 주지 않고 계속해서 말했다.

"이해하시겠죠? 그 아이는 두 번이나 부모에게 버림받았어요. 아이의 친부모는 탯줄도 떨어지지 않은 갓난아이를 보육원 앞에 두고 사라져 버렸습니다. 세 살이 된 아이를 키우겠다고 나선 양부모 역시 그 아이를 포기했고요. 아이가 두 번이나 부모에게 버림받는다는 게 얼마나 괴로운 일인지 짐작이 가시나요? 전 그 아이가 또다시 같은 일을 당하는 걸 두고 볼 수가 없습니다. 그 아이를 잘 알지도 못하면서, 몇 번 본 것만으로 마음에 든다고 쉽게 말하지 말아 주세요."

모리 선생님은 변호사 쪽으로 살짝 몸을 내밀었다.

"그 아이를 데려가시는 건 결코 추천하지 않습니다. 아름다운 아이고 머리가 굉장히 좋지요. 하지만 누구에게도 마음을 열지 않아요. 같이 지내는 아이들에게도, 저희에게도, 학교 친구나 선생님에게도 절대로 마음을 열지 않습니다. 그런데도 츠다 씨는 그 아이를 데려가시겠다는 건가요? 자신을 따르지 않는 아이를 돌봐 주시겠다는 건가요?"

이 물음에도 변호사는 말이 없었다. 분위기를 수습하려는 듯 말을 꺼낸 사람은 원장이었다.

"가정 위탁에 반대하는 것은 아닙니다. 그렇지만 천천히 결정하셔도 되지 않을까요? 모리 선생님이 말씀드린 것처럼 그 아이한테는 조금 까다로운 면이 있으니까요."

"다 말씀하셨습니까?"

탁자 너머의 변호사는 처음으로 몸을 약간 움직이고는 맞은편 두 사람의 얼굴을 차례로 봤다.

"츠다 여사님이 경솔하게 아이를 데려오려는 것으로 생각하신다면 그건 아주 큰 오해입니다. 여사님은 아이를 맞이하기 위해 일 년 이상의 시간을 들여 준비했고 여러 시설에 연락해 아이를 찾아 오셨으니까요. 물론 어떤 아이라도 좋다는 건 아니었습니다. 이곳에도 처음부터 여사님이 원하는 아이의 조건은 분명히 말씀드렸을 텐데요?"

탁자를 사이에 두고 소파에 앉아 있는 두 사람은 뭔가 할 말이 있다는 듯 시선을 주고받았다. 아이를 선택할 때의 기묘한 조건을 떠올린 것이다.

첫째, 14년 전 4월에 태어난 아이일 것.
둘째, 부모를 비롯한 혈육이 아무도 없을 것,
   혹은 소재가 불명확할 것.
셋째, 출생 장소 및 출생 시의 상황이 불명확할 것.
넷째, 출생과 연관된 단서가 있어야 하며
   그 단서는 어떠한 형태로든 달과 관련 있을 것.

변호사는 말이 없는 두 사람을 향해 덧붙였다.
"여사님께서 여기저기 수소문한 끝에 찾아낸 아이가 바로 그 아이입니다. 전 여러분이 무엇을 걱정하는지 전혀 모르겠군요. 확실히 나이 면에서 보면 고령이지만 지금도 대기업 임원으로 활동하고 계신 점을 고려하면 신체적으로나 정서적으로나 문제가 없다는 건 아실 텐데요?"

그는 못을 박듯 맞은편에 앉아 있는 두 사람을 강렬한 눈빛으로 응시하더니 이어서 말했다.
"여사님은 경제적으로도 여유롭고 저택에는 오랫동안 함께해 온 가정부와 영양사도 있습니다. 본인께서도 육아 경험

이 있고 사회적으로도 지금까지 여러 아동 복지 사업에 힘을 쏟아 오셨지요. 이미 아동 상담소 연수를 받았고 가정 방문과 면접도 마친 데다가 위탁 부모 자격도 정식으로 인정받았습니다. 그러니 더 이상 쓸데없는 참견은 자제해 주시기 바랍니다. 미래가 기대되는 아이에게 더 나은 가정 환경을 제공하려는 뜻을 짓밟는 말씀은 그만두시지요."

변호사의 말에는 융통성 없는 두 사람에 대한 짜증이 배어 있었다. 변호사의 강한 어조에 원장은 당황하며 대답했다.

"네…. 츠다 님의 따뜻한 마음은 저희도 잘 알고 있습니다. 알다마다요. 그러니까 츠다 님이 정말로 그 아이를 원하신다면, 꼭 그 아이를 데려가시겠다면, 저희가 딱히 반대할 이유는 없습니다."

조심스레 말하는 원장 옆에서 모리 선생님이 변호사에게 물었다.

"그 아이가 전에 어째서 다시 이곳으로 돌아왔는지 궁금하지 않으신가요?"

변호사는 어깨를 가볍게 으쓱했다.

"세 살 때 말씀인가요? 그다지 참고할 만한 얘긴 없을 것 같은데요."

"그때 아이를 맡았던 부부는 그 아이를 무서워했어요."

선생님은 차분하게 말했다.

"이상하리만치 감각이 뛰어나다고 하더군요. 아이는 인터폰이 울리기도 전에 손님이 오는 걸 안다고 했어요. 길모퉁이를 돌기도 전에 거기 뭐가 있는지 아는 것 같다고…."

"흠, 재미있는 이야기군요. 세 살짜리 여자아이에게 벌벌 떠는 부모라…."

변호사의 입가에 야릇한 미소가 번졌다. 선생님이 지쳤다는 듯 한숨을 내쉬었다.

"웃어넘길 일이라면 걱정할 필요도 없겠지요. 함께 지내다 보면 분명 제 말의 의미를 알게 되실 겁니다. 그 아이는 여느 아이들과 다르니까요. 커갈수록 아이는 그걸 감추려는 것 같지만 그런 종류의 문제는 감춘다고 해서 감춰지는 게 아닙니다. 감각이 그렇게까지 뛰어나다는 건 불행한 일이에요. 잘 드는 칼날처럼 자기도 모르게 다른 사람을 상처 입히고 자기 자신까지도 상처 입고 말지요. 그리고 하나 더, 이것도 말씀드리지 않을 수 없군요. 그 아이 주변에서는 종종 사고가 일어납니다."

"사고?"

변호사는 아주 살짝 고개를 기울여 두 사람을 바라봤다. 선생님이 이어서 말했다.

"그 아이는 감각이 너무나 뛰어나다 보니 늘 타인과 거리를 두고 누구에게도 마음을 터놓지 않습니다. 결국 혼자가 되곤 하지요. 학교나 시설에 그런 아이가 있으면 어떻게 될지는 불 보듯 뻔한 일입니다. 아무래도 괴롭힘의 대상이 되기 쉽지요. 아이들을 몇 번씩 타일러도, 주의를 주면 줄수록 어른의 눈길이 닿지 않는 곳에서 괴롭히거나 짓궂은 장난을 이어갑니다. 특히 사춘기 아이들의 마음은 아주 섬세하고 복잡합니다. 모두가 주변을 의식하며 어떻게든 하루하루를 무사히 보내려 애쓰지요. 그런 분위기 속에서 혼자 겉도는 아이가 있으면 그 아이는 표적이 됩니다."

선생님은 거기서 말을 끊고 변호사를 뚫어지게 바라보며 다시 말하기 시작했다.

"하지만 그 아이를 괴롭히는 아이는 없습니다. 괴롭히거나 놀리면 어떻게 되는지 모두 알고 있으니까요. 지금까지 그런 짓을 한 아이들에게는 좋지 않은 일이 일어났어요. 그 아이를 '버려진 애'라고 놀리고 끈질기게 따라다니면서 괴롭힌 같은 반 여자아이는 오토바이에 부딪혀 팔이 부러졌죠. 그 아이의 물건을 몰래 망가트리거나 숨기던 남자아이는 계단에서 넘어져 어깨뼈가 탈골됐고요. 그 외에도 손가락이 부러진 아이가 있는가 하면 화상을 입은 아이도 있지요."

"그 아이가 직접 그런 일을… 저질렀다는 겁니까?"

변호사가 미간을 찌푸리며 낮은 목소리로 물었다.

"아닙니다! 그럴 리가요."

원장이 모리 선생님보다 먼저 그의 질문에 대답했다.

"그건 절대로 아닙니다. 그 아이가 하지 않았다는 건 분명합니다. 실제로 사고가 일어났을 때 근처에 그 아이가 있던 적은 단 한 번도 없었으니까요. 이미 철저하게 조사를 마쳤습니다."

그러고 나서 원장은 다급히 덧붙였다.

"하지만 우연이 자꾸만 겹치다 보니 아이들 사이에서 소문이 퍼졌어요. 무언가가 그 아이를 보호하고 있다고 말이지요. 신의 가호를 말하는 게 아닙니다. 오히려 사악한 무언가에 의해 보호받고 있다고…."

더 이상 말하기 껄끄럽다는 듯 말을 마친 원장 대신 모리 선생님이 자연스럽게 이어 말했다.

"아이들은 악마가 그 아이를 지켜 준다고 믿고 있어요."

결국 튀어나온 불길한 단어에 원장은 한숨을 내쉬었다.

"그저 소문일 뿐이지만 아이들은 그렇게 생각하니까요."

원장은 힘없이 미소 지으며 변명처럼 덧붙였다.

"어째서 아이들 사이에 떠도는 소문을 저한테까지 말씀하시는 거죠?"

변호사는 불쾌하다는 듯이 매서운 눈초리로 노려보고는 원장에게 물었다.

"만약을 위해 알려 드렸을 뿐입니다."

원장은 애써 미소 띤 얼굴로 변호사를 바라보았다.

"만약을 위해 그런 쓸데없는 정보를 말입니까?"

변호사는 냉소적인 어조로 되물었다.

"지금 데려가려는 아이는 초능력이 있고 게다가 악마가 보호해 주고 있으니 주의하라는 겁니까? 그런 걸 굳이 여사님께 알려 드리라고 말씀하시는 건가요?"

"아니요, 아닙니다. 반드시 알려 드리라는 건 아닙니다."

원장은 어쩔 줄 몰라 하며 대답했다.

"단지 저희는 아주 사소한 거라도 그 아이에 관한 걸 전달하려 했을 뿐입니다. 혹시라도 앞으로 문제가 되지 않게끔 하려는 것뿐입니다. 나중에 그런 얘긴 못 들었다고 말씀하시면 곤란하니까요. 그러니까 그건 변호사님이 알아서 판단해 주세요. 전할 필요가 없다고 생각하신다면 전하지 않으셔도 괜찮습니다. 저희는 상관없습니다."

그때 응접실 문을 노크하는 소리가 들렸다. 원장은 소파에 앉은 채 움찔했다.

"들어오세요."

문이 열리고 남자 직원의 얼굴이 보였다.

"원장님, 미즈키가 준비를 마쳤습니다. 언제든 출발할 수 있습니다."

"고마워요. 지금 갈 테니 밖에서 잠깐 기다리라고 전해 주세요."

원장의 말에 남자 직원이 물러가자, 변호사는 소파에서 일어났다.

"그럼 저는 이만 가 보겠습니다."

선생님이 마지막으로 매달리듯 질문을 던졌다.

"대체 츠다 씨는 그 아이를 어떻게 하실 작정이죠? 그 이상한 조건은…."

변호사는 차가운 시선으로 그녀를 내려다봤다.

"저희가 제시한 조건에 대해서는 깊이 묻지 않기로 하신 걸로 아는데요? 그걸 위해 여사님은 협회 쪽에 거액을 기부하셨습니다. 이번 일이 성사되면 이곳에도 별도로 충분한 보상을 할 용의가 있다고 말씀하신 건 알고 계시겠지요?"

"아, 물론입니다. 그 점에 대해서는 깊이 감사드립니다."

원장은 다급히 일어나 변호사에게 거리를 숙였다.

"그렇다면 이제 쓸데없는 참견은 그만두시지요. 근거 없는 소문은 듣기 좀 거북합니다."

변호사는 다짐을 받듯 응접실의 두 사람을 차례로 바라보고는 밖으로 나갔다. 문 앞 소파에 앉아 있던 아이가 일어섰다. 아이는 무릎에 펼쳐 놓았던 책을 덮고 응접실 문 쪽을 바라봤다.

누구에게 물려 입은 옷인지, 하얀 옷깃이 달린 남색 원피스는 너무 커서 볼품없었다. 그런데도 그 아이에게서는 신비로운 분위기가 감돌았다. 변호사는 물끄러미 이쪽을 바라보는 아이를 향해 양쪽 입꼬리를 살며시 들어 올려 미소 지었다. 하지만 아이는 표정을 바꾸지 않았다. 사람의 마음속을 들여다보는 듯한 강렬한 눈빛으로 그를 바라볼 뿐이었다. 변호사는 그런 아이를 바라보며 만족스러운 표정으로 깊게 숨을 내쉬었다. 그리고 생각했다.

'아이를 찾았다. 이제 달이 차기만 기다리면 된다.'

아카리는 리무진 뒷좌석에 깊숙이 몸을 기댄 채 창밖으로 흘러가는 풍경을 바라보고 있었다. 한여름의 마을은 이글이글 타오르는 태양 아래에서 하얗게 빛났다. 길가를 따라 줄지어 있는 포플러나무는 아스팔트에서 피어오르는 열기를 오롯이 받아 내고 있었다. 하지만 에어컨을 틀어 놓은 리무진 안은 마치 다른 세상 같았다.

'다른 세상… 그래, 난 다른 세상에 발을 들여놓았어.'

아카리는 이렇게 생각했다. 한 달 전까지만 해도 자신이 번쩍번쩍 빛나는 리무진을 타게 될 줄은 꿈에도 몰랐다. 정든 집을 떠나 친구도 가족도 없는 낯선 곳에서 여름 방학을 보낸다는 게 믿기지 않았다.

지난 한 달은 마치 폭풍우가 휘몰아치듯 정신없고 어지럽게 지나갔다.

한 달 전 할아버지가 세상을 떠났다. 할아버지는 선화사라는 작은 절의 주지 스님으로 세상에 단 하나뿐인 아카리의 가족이었다. 친할아버지는 아니었지만 아카리에게 그런 건 상관없었다. 할아버지가 돌아가시기 전까지는.

할아버지가 돌아가시고 얼마 지나지 않아 아동 복지사가 아카리를 찾아왔다. 그녀는 온화한 어조로 아카리가 처한 잔인한 현실을 이야기해 주었다.

아카리는 할아버지와 혈연관계가 없는 위탁 아동이라는 것. 혈연관계도 아니고 유언도 없는 경우, 위탁 부모가 사망하면 아이는 아무것도 상속받지 못한다는 것.

물론 아카리는 할아버지의 친손녀가 아니라는 걸 이미 알고 있었다. 할아버지는 그 사실을 굳이 숨기려 하지 않았으니까. 아카리가 철이 들 무렵 사실대로 말해 주었다.

14년 전 4월 14일, 갓난아기가 절 입구의 문기둥 아래에 놓여 있었다고 했다. 배냇저고리도 걸치지 않은 채 목욕 수건에 감싸여 담요로 덮여 있던 아이, 배가 고파 빽빽 울던 아이, 그 아이가 바로 아카리였다. 담요를 젖히자 아기를 감싼 목욕 수건 사이로 이름이 적힌 종이 한 장이 나왔다고 했다.

아카리를 절 앞에 두고 떠난 부모가 남긴 것은 흰색 목욕 수건 한 장과 분홍색 담요 그리고 이름뿐이었다.

할아버지는 아카리를 거두어 키워 주셨다.

"부모를 원망하지 말거라. 부모가 아이를 다른 이의 품에 맡겼을 때는 어쩔 수 없는 사정이 있었을 테니까. 아마 네 부모도 지금쯤 어딘가에서 널 생각하고 있을 게야. 언젠가 널 데리러 올지도 모르겠구나."

그래서 할아버지는 아카리를 정식으로 입양하지 않았다. 언젠가 아카리를 돌려보낼 날이 올 거라 믿는 듯했다.

"데리러 오지 않을걸. 데리러 오지 않아도 괜찮고."

아카리가 이렇게 말하면 할아버지는 가는 눈을 더 가늘게 뜨고 웃으며 고개를 가로저었다.

"부모는 자식에게 몸과 생명을 준단다. 네 몸과 생명도 네 부모가 준 것이지. 그다음으로 부모에게서 받은 큰 선물이 뭐라고 생각하니?"

아카리가 대답하지 못하고 생각에 잠기자 할아버지가 말했다.

"이름이란다. 이름은 부모가 아이에게 주는 평생의 선물이야. 너에게 아카리라는 이름을 지어 줄 때 부모는 널 생각하고, 네 미래를 떠올리면서 여러 가지로 고민했을 거야. 어떤 아이로 자라길 바라는지, 어떤 사람이 될지, 어떤 인생을 살아가게 될지, 그런 것들 말이다. 그런 자식을 다른 이에게 맡겼다는 건 아마 피치 못할 사정이 있었을 거야. 그러니 언젠가 네 부모가 널 꼭 데리러 올 것 같구나."

"데리러 와도 난 여기 있을 거야. 할아버지랑 같이 사는 게 좋단 말이야."

아카리의 말에 할아버지는 미소 지으며 커다랗고 따뜻한 손을 아카리의 머리에 살포시 올려놓았다.

"그럼 그때는 네 부모에게 부탁해서 널 입양해야겠구나."

하지만 그런 날은 오지 않았다. 그 전에 할아버지가 세상을 떠나고 말았다. 겨우 예순일곱이었다. 절에 자주 들르는 할머니가 갑자기 돌아가셔서 할아버지는 황급히 할머니를 애도하러 가셨다.

"그렇게 건강하던 할머님이 돌아가시다니… 2월에 여든일곱이 되셨다고 했는데 말이다. 바로 며칠 전에도 버스를 타고 가는 정정한 모습을 봤는데, 이렇게 갑자기 돌아가실 줄이야…."

이런 말을 남기고 나간 할아버지가 갑자기 돌아가셨다. 아카리는 도저히 믿을 수 없었다. 집으로 돌아오려던 할아버지는 현관에 주저앉아 속이 안 좋다고 말한 뒤 그대로 의식을 잃었다고 한다. 할아버지가 구급차에 실려 간 병원에 아카리가 달려갔을 때는 이미 불러도 반응이 없었다. 할아버지는 그렇게 의식이 돌아오지 않은 채 이틀 후 숨을 거두었다.

할아버지가 돌아가시고 나서야 아카리는 자신이 얼마나 많은 것들을 할아버지에게 받아 왔는지 알게 됐다. 사랑과 더불어 평안함, 따스함은 물론 사는 집부터 음식과 옷까지 아카리는 이 모든 걸 한순간에 잃고 말았다.

처음 며칠은 친한 친구가 아카리의 곁에 있어 주었다. 장례식은 할아버지의 지인 분들이 도와주어 잘 마무리할 수 있었다.

아동 복지사는 수시로 찾아와 아카리를 배려하면서도 냉정한 현실을 하나하나 일깨워 주었다.

아카리가 지금까지 살던 집에 계속 살 수 없다는 것. 앞으로는 보호 시설에서 살게 된다는 것. 지금 아카리가 다니는 중학교 지역 내에는 적당한 시설이 없어서 전학을 가야 한다는 것.

항상 관 앞에서 경을 읊던 할아버지가 관 안에 잠들어 있는 모습을 보았을 때, 아카리는 깊고 날카로운 슬픔이 가슴을 관통하는 걸 느꼈다.

'장난이지? 할아버지가 돌아가시다니, 말도 안 돼! 이건 사실이 아닐 거야!'

말로 표현할 수 없는 울분이 가슴 깊은 곳에서 솟구쳐 올라와 몸 전체를 휘감았다. 온몸이 산산이 부서질 것만 같았다. 슬픔과 고통이 너무 커서 복지사가 어떤 말을 해도 아카리는 별로 충격받지 않았다. 심장이 마비된 듯 마음이 휑했다. 복지사의 말은 그저 머릿속을 스쳐 지나갈 뿐이었다.

몇 번은 생생한 꿈도 꾸었다. 아침에 부엌에서 인기척이 나서 살펴보니 할아버지가 된장국을 끓이고 있었다.

"뭐야! 할아버지, 역시 살아 있었구나!"

할아버지 등에 대고 이렇게 외치며 안으려고 다가가다가 꿈에서 깼다. 일어나서도 그 생생한 감각이 가슴속에 그대로 남아 있었다. 무심코 부엌을 살펴봤다. 아무도 없다는 걸 알면서 어둑하고 스산한 부엌을 물끄러미 바라보다가 또다시 깊은 슬픔에 빠졌다.

아카리가 지낼 보호 시설은 좀처럼 정해지지 않았다. 갈 곳이 정해질 때까지 잠시 지금처럼 절 법당 뒤쪽에 있는 집에 머물기로 했다. 쌀과 된장은 아직 남아 있었고 반찬은 이웃들이 가끔 가져다주었다. 아카리는 매일 학교 수업을 듣고 숙제를 하고 동아리 활동으로 테니스를 치며 땀을 흘렸다. 하지만 예정되었던 테니스부의 하계 합숙 훈련은 신청하지 않았다. 더는 예전처럼 지낼 수 없다는 사실을 아카리는 그 누구보다 잘 알고 있었다.

복지사가 생각지도 못한 말을 꺼낸 것은 할아버지가 돌아가시고 2주가 다 되어 가던 때였다. 그녀는 다른 집의 위탁 아동이 될 생각은 없냐고 물었다.

"아이를 맡아 키우고 싶어 하는 분이 있는데 그분이 원하는 조건이 너랑 딱 맞아떨어지지 뭐야."

조건이라는 말이 작은 가시처럼 따끔하게 아카리의 가슴에 박혔다.

"조건이요?"

아카리가 반항하듯 되묻자, 복지사는 애매모호하게 고개를 끄덕이고는 허공을 바라봤다.

"그게 좀 이상한 조건이야. 여러 보호 시설과 아동 상담소에 연락해서 위탁 아동을 찾는 사람이 있대. 아이를 찾는 데에 꽤 신경을 쓰는 것 같더라고. 근데 조건이 워낙 특이해서 딱 맞는 아이를 찾기 어려운 모양이야. 나도 널 받아 줄 곳을 찾던 중에 어떤 시설 담당자가 말해 줘서 알게 됐어."

복지사는 허공을 바라보던 시선을 아카리에게로 돌리고 어떤 조건인지 하나하나 말해 주었다.

"14년 전 4월에 태어난 아이여야 하고 부모를 비롯한 혈육에 관한 정보가 남아 있지 않았으면 좋겠대."

"모르는 편이 좋은 건가요?"

아카리는 머뭇거리며 복지사에게 물었다. 복지사가 고개를 끄덕였다.

"그런가 봐. 보통은 자기가 키울 아이가 어떻게 태어났는지 궁금해하기 마련인데…. 그쪽은 그런 걸 전혀 모르는 게 좋은가 봐. 그리고 태어났을 때의 상황도 몰라야 한대."

"네?"

아카리는 고개를 살짝 기울였다. 복지사가 말을 이었다.

"어디에서 어떻게 어떤 부모 밑에서 태어났는지를 몰라야 한다는 게 조건이야. 특이하지?"

아카리도 고개를 끄덕였다. 정말 이상한 조건이었다.

'보통은 자신이 키울 아이가 어떤 부모에게서, 어떤 환경에서 태어났는지 알고 싶어 하지 않나? 몰라도 괜찮은 거라면 이해가 가지만 모르는 편이 더 좋다니.'

문득 궁금해진 아카리가 물었다.

"그… 조건에 맞는 아이를 찾기가 어려운가요?"

"조건이 하나 더 있어. 이게 문제야. 부모나 출생에 관한 건 몰라도 되는데 달과 관련 있는 아이를 원한대."

"달과 관련 있는 아이요? 전 그런 거 없는데요?"

아카리는 이렇게 말하고는 이내 숨을 삼켰다.

"아, 혹시 이름? 내 이름인가요?"

부모가 아카리에게 남긴 건 담요와 목욕 수건, 그리고 이름…이었다. 아카리(月明)의 이름에는 달(月)이라는 한자가 들어 있다.

복지사가 설명을 덧붙였다.

"물론 이 얘길 너에게 하기 전에 그쪽에도 이것저것 미리 확인해 봤어. 너와 같이 발견된 종이에 달이 들어간 이름이 적혀 있었는데, 그것도 달과 관련 있는 단서가 되는지 물어봤지. 그랬더니 아주 기뻐하면서 널 꼭 만나고 싶어 하더라고. 그래서 혹시 네가 괜찮다면 그분과 한번 만나 봤으면 하는데, 어때? 나쁜 얘기는 아니지?"

"정말 이상한 조건이네요. 왜 달이죠?"

복지사는 긴장을 풀려는 듯 가볍게 목을 가다듬었다.

"제시한 조건에 대해서는 깊이 묻지 않기로 했어. 그쪽이 그러길 원하거든. 어쩌면…."

"어쩌면?"

아카리는 망설이는 복지사에게 답답하다는 듯 되물었다.

"아니, 이건 그냥 내 생각일뿐인데…."

복지사는 일부러 뜸을 들였다가 목소리를 약간 낮춰서 말했다.

"전에도 한 번 이런 일이 있었어. 아이를 찾는 분의 조건이 상당히 구체적이고 자세했지. 결국 조건에 맞는 아이를 찾아서 데려갔는데, 알고 보니 그분이 아이의 친할머니였어. 그러니까 아이를 두고 사라진 부모의 친척이나 친구가 관계를 드러내지 않고 아이를 찾는 경우도 가끔은 있더라고. 이번 일이 꼭 그렇다는 건 아니야. 너에게 불필요한 기대를 품게 하고 싶지는 않아. 그저 아이를 맞이하려는 쪽에도 피치 못할 사정이 있다는 걸 알아주길 바라는 거지. 기묘한 조건이라고 이상하게만 생각하지 말고, 한번 만나 보면 어때? 그 후에 마음에 들지 않으면 거절해도 되니까."

밖에선 비가 내리고 있었다. 아카리는 생각에 잠겨 말이 없었다. 복지사마저 입을 다물자 토도독토도독 처마를 두드리는 가는 빗줄기 소리가 방 안 가득 울려 퍼졌다.

결국 아카리는 위탁 부모 후보인 츠다 할머니와 만나기로 했다. 그리고 단 한 번의 면담을 거쳐 아카리는 그 집의 위탁 아동이 되었다.

츠다 세츠코라는 일흔의 할머니는 거의 웃지 않는 사람이었다. 아동 상담소의 응접실에서 처음 인사를 나누었을 때도, 마주 보고 앉았을 때도, 미소조차 짓지 않았다. 도저히 일흔 살이라고는 생각할 수 없을 정도로 자세가 바르고 피부는 윤기가 흘렀으며 얼굴에 깊은 주름도 없었다. 다만 풍성한 머리숱은 새하얀 백발이었다. 한 가닥도 빠짐없이 흰 눈처럼 빛나는 백발. 츠다 할머니는 처음 만난 자리에서 복지사에게 말했다.

"잠시 둘이서만 이야기를 나누고 싶군요."

"첫 면담 때는 아동 복지사가 동석하게 되어 있어서요."

할머니는 뜻을 굽히지 않았다.

"부탁드려요. 아주 잠깐이면 되니까 아이와 단둘이 있게 해 주시겠어요?"

단호한 어조였다. 복지사가 아카리에게 눈짓으로 괜찮겠냐고 물었다. 아카리가 고개를 끄덕이자 복지사는 마지못해 응접실을 나갔다.

둘만 있게 되었을 때도 츠다 할머니는 웃지 않았다. 그저 블라인드 사이로 비쳐 들어오는 햇살 속에서 아카리의 눈을 가만히 들여다볼 뿐이었다.

그 시선으로부터 도망이라도 치듯 아카리가 고개를 숙였을 때, 할머니가 불쑥 말했다.

"혹시 너도 밤에 볼 수 있니?"

아카리는 흠칫 놀라 고개를 들었다. 다시 시선과 시선이 부딪혔다. 할머니는 동그랗게 뜬 아카리의 눈을 물끄러미 바라봤다.

'어떻게 내 눈에 관해 아는 거지?'

아카리는 혼란스러웠다.

분명 아카리는 밤에 볼 수 있다. 어둠 속에서도 앞이 보인다. 아카리의 눈은 어둠 속에서 푸르게 빛나서 어렸을 때는 친구들에게 고양이 같다는 놀림도 많이 받았다.

하지만 이렇게 밝은 햇살 속에서는 알 수 없을 텐데, 이 사람은 왜 이런 말을 하는 걸까.

할머니는 잠자코 있는 아카리에게 가까이 다가와 얼굴을 쑥 내밀었다. 아카리는 움찔하며 뒤로 살짝 물러났다.

"너, 그것 말고도 신비한 능력이 있지?"

속삭이는 듯한 목소리로 할머니가 말했다.

"네?"

아카리가 눈을 휘둥그레 뜨자, 할머니는 처음으로 입가에 희미한 미소를 머금었다. 가는 힘줄이 불거진 손이 아카리의 손등을 살며시 감쌌다. 순간 놀란 아카리의 몸이 딱딱하게 굳었다.

"지금 말한 건 잊어 주렴. 신경 쓰지 않아도 돼."

할머니는 이렇게 말하고는 천천히 뒤로 물러나 원래대로 맞은편 의자에 앉았다.

'내 비밀을 어떻게 아는 거지? 나에게 아무도 모르는 비밀이 있다는 걸… 정말로 아는 걸까?'

아카리는 마음속으로 외치면서 백발의 할머니를 뚫어지게 봤다.

할아버지는 누구에게도 비밀을 말하면 안 된다고 했다. 아카리가 더 자라서 정말로 믿을 수 있는 사람을 만나기 전까지는 절대로 다른 사람에게 말하지 말라고 했다. 혼란스러워하는 아카리에게 할머니가 온화한 목소리로 제안했다.

"여름 방학에 우리 별장에서 지내지 않을래? 거기서 같이 지내 보고 마음에 들지 않으면, 억지로 붙잡지는 않을 테니까. 그사이에 아동 상담소 직원이 널 받아 줄 시설을 찾아낼 거야. 나랑 사는 게 싫으면 여름 방학이 끝나고 거기로 가면 된단다. 선택은 네 몫이야. 네가 정하는 거란다."

아카리는 아무 말도 할 수 없었다. 가만히 있었더니 할머니는 만족스럽다는 듯 눈을 가늘게 떴다.

"우리 별장은 말이지, 호수가 내려다보이는 산비탈에 있어. 뒤쪽으로는 산책로가 나 있는 숲이 있고, 아침이면 나뭇가지 사이를 바쁘게 오가는 다람쥐도 볼 수 있단다. 밤에는 부엉이랑 너구리가 찾아오기도 하고. 너도 마음에 쏙 들 거야. 호수 밑에는 오래된 마을이 그대로 잠겨 있단다. 14년 전에 댐을 만들면서 물속에 잠겼지. 지금도 날이 가물면 댐의 물이 줄어들어서 물속에 잠긴 마을이 보이기도 해. 흥미롭지 않니?"

이렇게 물으면서도 그녀의 눈은 웃고 있지 않았다.

"아, 맞다."

방 안을 가득 채운 밝은 햇살 속에서 할머니는 입꼬리를 살짝 올리며 말했다.

"사실 너 말고 다른 여자아이를 한 명 더 데려올 거야. 그 아이도 여름 방학 때 별장에 올 거란다. 너랑 동갑이야. 친구가 있으면 지루하지 않겠지?"

아카리는 숨을 크게 들이마시고 용기 내어 물었다.

"그 아이도 14년 전 4월에 태어났나요? 그 아이도 달과 관련된 단서가 있어요?"

할머니의 얇은 입술이 꽉 다물어졌다. 아카리는 그 입매를 가만히 지켜봤다.

"그 아이의 이름은 미즈키(美月)라고 해. 아름다운 달(月)이라는 뜻이지. 사이좋게 지내면 좋겠구나."

할머니는 눈을 동그랗게 뜬 아카리를 보며 일어섰다.

"그럼 여름 방학 때 만나자꾸나. 방학식 다음 날 차를 보낼게."

그렇게 해서 아카리는 자신을 데리러 온 번쩍번쩍 빛나는 리무진을 타고 츠다 할머니의 별장으로 향하게 된 것이다.

정든 집에서 보내는 마지막 밤, 아카리는 남은 용돈으로 장을 봐 와서 냄비 한가득 카레를 만들었다. 할아버지는 아카리가 만든 카레를 무척 좋아했다. 아카리가 카레를 너무 많이 만든 탓에 며칠 내내 카레만 먹어도 좋아했다. 텅 빈 집에 카레 냄새가 퍼지자 마치 예전처럼 그리운 집으로 돌아온 것 같았다. 그곳에 있어야 할 할아버지가 없다는 사실이 더할 수 없이 슬펐다. 냄비에서 보글보글 끓는 카레를 저으며 아카리는 소리 내어 울었다.

오늘이 마지막이다. 이제 우는 건 오늘 밤이 마지막이다. 아카리는 이렇게 다짐하며 꺼이꺼이 울었다.

냄비 한가득 만든 카레를 밀폐용기에 담아 항상 친절하게 대해 준 이웃들에게 나눠 주었다. 큰 냄비를 반짝반짝 윤이 나게 닦고 집 안 구석구석 청소기를 돌렸다. 아카리는 그렇게 정든 집을 떠났다.

이제 이곳으로 돌아올 일은 없다. 츠다 할머니와 함께 살더라도, 보호 시설로 가더라도, 아카리가 이 집으로 돌아올 일은 두 번 다시 없을 것이다.

녹나무 우듬지에서 울어 대는 매미의 배웅을 받으며 아카리는 리무진에 올라탔다. 리무진이 달리기 시작했다. 아카리는 리무진 창문 너머로 멀어지는 정든 집을 돌아봤다. 그러고는 조용히 고개를 숙였다.

여름 햇살을 듬뿍 받은 집의 기와지붕은 금빛으로 빛나고 있었다.

"리무진을 준비하려고 했습니다만 이곳에서 별장까지는 그리 멀지 않아서요. 오늘은 제가 직접 모시겠습니다."

보육원 앞에 서 있는 차에 올라탈 때 변호사가 말했다. 미즈키는 중학생에게 깍듯한 존댓말을 쓰는 변호사의 얼굴을 탐색하듯 뚫어지게 바라봤다. 상대방도 움츠러들지 않았다. 부드럽게 미소 지으며 미즈키를 위해 차 뒷문을 열어 주었다. 미즈키는 고맙다는 말 대신 살짝 머리를 숙이고 차에 올라탔다.

'어째서…'

미즈키는 생각했다. 평소 같으면 느낄 수 있는 무언가를 느낄 수 없었다. 이 사람이 지금 어떤 감정으로 어떤 생각을 하는지 아무것도 읽을 수 없다.

　미즈키는 어렸을 때부터 후각이 예민했다. 한두 블록 앞의 일이라면 길모퉁이에 누가 있는지, 어떤 일이 벌어지고 있는지 다 알았다. 초등학생 때는 몇 킬로미터나 떨어진 곳에서 불이 난 걸 알아차린 적도 있다. 눈으로 보는 것보다 훨씬 많은 걸 냄새가 알려 주었다. 똑같은 지문을 가진 사람이 하나도 없는 것처럼 똑같은 냄새가 나는 사람은 한 명도 없다. 그렇지만 가족들은 비슷한 냄새가 나고 인간의 감정에는 특유의 냄새가 있다. 그런데 변호사에게서는 감정의 냄새가 전혀 느껴지지 않았다.

　'이 사람은 자신의 속마음을 겉으로 드러내지 않는 기술이 있는 걸까? 마음에 보호막을 쳐서 감정을 마음속에 담아 두고 있는 걸까? 조심해야 한다. 남에게 무언가를 숨기는 사람은 대부분 위험하니까.'

　깊은 생각에 잠겼던 미즈키는 문득 눈처럼 하얀 머리의 츠다 세츠코라는 할머니를 떠올렸다. 몇 번 봤을 뿐이지만 그 사람도 마음속에 감정을 가둬 놓고 밖으로 꺼내 보이려 하지 않았다. 하지만 미즈키는 닫으려는 문에서 새어 나오는 빛처럼 그 사람 안에서 흘러나오는 감정의 냄새를 순식간에 읽어냈다.

　그것은 아주 깊고 강렬한 슬픔의 냄새였다.

변호사가 운전하는 차는 한 시간가량 고속도로를 달려 처음 보는 마을을 지나 큰 강을 건넜다. 강을 건넌 차는 산으로 접어들어 구불구불 굽은 길을 올라갔다. 마지막에 긴 터널을 빠져나오자 갑작스레 골짜기 밑에 물이 가득한 호수가 나타났다. 저 멀리 호숫가에 보이는 목조 건물이 호월장이라 불리는 츠다 할머니의 별장이라고 변호사가 설명해 주었다. 호수를 한 바퀴 도는 도로 중간에는 경비원이 머무는 초소처럼 보이는 통나무집과 작은 차단기가 설치되어 있었다. 그곳부터 츠다 할머니의 사유지라고 한다.

이름이 붙어 있다니, 미즈키는 마치 작은 호텔 같다고 생각했다. 골짜기 아래로 호수가 내려다보이는 곳에 지어진 별장은 실제로도 여관 정도 규모는 되어 보였다.

숲속에서 쓰르라미가 울기 시작했다. 날은 아직 완전히 저물지 않았다. 하지만 해는 산 끝자락에서 모습을 감추고 나무들 사이를 보랏빛의 연한 어스름이 채우고 있었다.

이곳도 슬픔의 냄새가 난다. 쓰르라미의 울음소리를 들으며 미즈키는 생각했다. 호숫가에 자리한 별장을 봤을 때는 알아차리지 못했지만, 건물 안에 발을 들여놓자 슬픔의 냄새가 진동했다. 천장이 2층까지 뚫린 현관 앞에도, 널찍한 거실에도, 호수를 향해 난 발코니에도, 위층으로 이어지는 계단참에도, 사라지지 않는 슬픔의 냄새가 그림자처럼 엉겨 붙어 있었다.

현관 앞에서 츠다 할머니가 맞이해 주었다.

"어서 오렴."

미즈키가 살며시 고개를 숙였다. 할머니는 더 이상 아무 말도 하지 않았다.

"변호사님도 오늘은 주무시고 가세요. 방을 준비해 두었어요. 이제 한 시간 후면 다른 아이도 도착할 겁니다. 그때 다 함께 저녁을 먹어요. 북적이는 편이 좋으니까."

변호사는 변함없이 어떠한 감정의 냄새도 나지 않는 미소를 지으며 대답했다.

"그럼 오늘은 신세를 좀 지겠습니다."

"요코 씨, 미즈키를 방으로 안내해 주세요. 변호사님은 항상 묵는 동쪽 방을 쓰시고요. 저녁은 7시쯤 먹을 것 같으니 그때까지 편히 쉬세요."

가정부로 보이는 요코 아주머니에게 미즈키를 부탁한 할머니는 성가신 일을 마무리했다는 듯 방으로 들어가 버렸다. 슬픔의 냄새를 풍기면서. 아주머니는 중학생인 미즈키와 별반 다르지 않을 정도로 키가 작았지만, 손마디는 굵고 단단해 보였다. 그 손으로 차에 있는 미즈키의 짐 가방을 가볍게 들어 올려 방까지 옮겨 주었다.

"피곤하겠구나. 두 시간 정도 걸렸니…?"

이 지역의 사투리일까. 말끝을 길게 늘이는 말투가 느긋하게 들렸다. 미즈키는 아주머니의 물음에 평소처럼 그저 작게 고개를 끄덕였다. 그런 미즈키의 태도에 별로 신경 쓰지 않는 듯이 2층으로 가는 계단을 앞서 올라가면서도 말을 멈추지 않았다.

"도시랑 달라서 여긴 아무것도 없어. 네 나이 때는 지루할지도 모르겠구나. 아, 내 소개를 안 했지? 나는 가쓰라 요코, 이 집의 살림을 맡고 있어. 너를 데려다준 사람은 사토 히로무라는 변호사인데 주로 할머니하고만 이야기하는 편이야."

"아…."

미즈키는 처음으로 소리 내어 혼잣말하듯 중얼거렸다.

"자, 여기가 네 방이란다."

아주머니는 2층 복도에 늘어서 있는 세 개의 방 중 가운데 문을 열고는 성큼성큼 안으로 들어갔다.

방은 미즈키 혼자 쓰기에는 상당히 넓었다. 여러 명이 함께 썼던 보육원의 방보다 몇 배나 넓었다. 미즈키는 자기 방이라는 그 방을 조심스레 둘러봤다. 방에서는 마른나무와 풀을 먹인 빳빳한 옷감 냄새가 났다. 오랫동안 사용하지 않았는지 생활 냄새는 느껴지지 않았다. 자수가 들어간 이불이 있는 커다란 침대, 빨간색 갓이 달린 조명이 놓인 작은 탁자, 팔걸이 가죽 의자와 책상, 소파와 나무 탁자가 있었다. 벽 선반에는 주전자와 찻잔 세트가 있고 그 선반 아래에는 작은 냉장고가 있었다. 입구 맞은편에는 널찍한 창문 너머로 호수가 내려다보이는 발코니가 붙어 있었다.

"화장실이랑 욕실은 이쪽이야."

아주머니가 방으로 들어와 왼쪽 벽에 난 문을 가리키며 말했다.

"아래층에도 커다란 욕실이 있으니까 거길 써도 괜찮아."

침대 옆의 옷장을 열자 놀랍게도 새 옷이 빼곡하게 걸려 있었다.

아주머니가 미즈키의 가방을 내려놓으며 말했다.

"이 옷들은 할머니가 널 위해 준비한 거야. 네 맘에 드는 걸로 골라 입으라고 하셨어. 속옷이랑 잠옷은 침대 밑 서랍에 들어 있어. 할머니도 외로우신가 봐. 3년 전에 그런 일이 있고부터 완전히 달라지셨어. 전에는 잘 웃으셨는데…. 그런데 한 번에 아이를 둘이나 데려온다는 이야길 듣고 어찌나 놀랐는지."

"다른 아이는 누구예요?"

미즈키는 간신히 아주머니에게 물었다.

"어머, 몰랐니? 아카리라는 여자아이야. 너랑 동갑이고. 아카리의 방은 네 옆방이란다. 네가 살던 곳보다 더 먼 데서 오나 봐. 차로 네 시간 정도 걸린다는구나. 길이 막히지 않으면 좋을 텐데."

아주머니는 묻지도 않았는데 산기슭에 있는 마을에서 이 별장으로 일하러 온다는 것과 원래는 5시에 돌아가는데, 오늘은 다른 아이가 온 후에 그 아이를 방에 안내할 때까지 있을 거라고 했다. 식사 준비는 입주 영양사인 쿠도 씨가 담당한다고 했다.

"쿠도 씨는 맨날 중얼중얼 혼잣말을 해서 좀 별로지만 요리 실력만큼은 최고야. 오늘 밤도 분명 맛있는 음식이 나올 거야. 벌써 아래층에서 좋은 냄새가 나는 것 같지?"

아주머니는 관리인 무토 씨도 별장에 상주하며 일한다고 알려 주었다.

"아무리 마을과 동떨어진 산속이라고 해도 이런 인적 없는 곳에서 여자끼리만 지내기는 무섭잖아. 관리인 아저씨가 지금은 집 주변의 잡초 제거나 전기 수리 같은 일을 하고 있는데 옛날에는 사냥꾼이었대. 이 주변에는 지금도 가끔 멧돼지나 곰이 나오기도 하니까. 그럴 때는 관리인 아저씨가 야생동물을 쫓아 줘. 공포탄을 '탕!' 하고 쏘면 사슴이며 멧돼지며 놀라서 도망가거든."

아주머니는 발코니 밖을 바라보며 말했다.

"옛날에는 이 주변에 늑대가 자주 출몰했대. 집 뒤쪽으로 가면 산속에 작은 사당이 있어. 그곳에선 늑대를 신으로 모셨다는 말도 있지. 원래 달의 신과 늑대의 신을 모시는 큰 절이 마을에 있었는데, 댐이 만들어지면서 생긴 호수에 마을이 그대로 잠기고 말았대. 전에 할머니가 자주 말씀하셨거든. 할머니의 손자가 대학에서 민속학을 공부했었어."

아주머니는 혼자 한참을 떠들다 방을 나갔다.

혼자가 된 미즈키는 읽던 책을 펼쳐 시간을 보냈다. 그러다 날이 저물 무렵 조심스레 발코니로 나가 봤다. 한여름인데도 서늘한 바람이 기분 좋게 불어왔다. 난간 너머로 깊고 커다란 호수가 보였다. 날을 잘 벼린 듯한 초승달이 호수 너머 산마루에 걸려 푸르스름하게 빛나고 있었다. 호수는 최근 비가 오지 않아 수위가 꽤 낮아진 듯 보였다. 어두운 골짜기 아래에서 호수가 잔잔하게 반짝거렸다.

쓰르라미가 울기 시작했다. 한 마리 또 한 마리…. 호수를 둘러싼 숲 어딘가에서 울어 대는 그 소리가 물결처럼 호수로 흘러간다.

미즈키는 자신의 후각이 남들보다 월등히 예민하다는 걸 알고부터 그 감각을 조절하는 방법을 익혔다. 흘러넘치는 냄새 속에서 살아가려면 냄새를 그냥 흘러가게 두고 모른 척 해야 할 때도 있다. 하지만 낯선 장소에 오면 아무래도 미즈키의 후각은 더 예민해진다. 골짜기 밑에서 불어오는 바람은 호수 냄새와 함께 호수를 감싸는 물풀 내음과 호수에 핀 연꽃 향기를 실어 온다. 별장을 둘러싼 흙과 나무들의 냄새에는 토끼와 다람쥐 냄새가 뒤섞여 있고 뒤이어는 찔레꽃 향기도 은은하게 감돈다. 새로운 곳의 새로운 냄새에 둘러싸여 있는 동안 많은 생각이 미즈키의 머릿속에 차올랐다.

'츠다 할머니는 왜 날 데려오고 싶어 한 걸까?'

지금까지 미즈키를 키우고 싶어 한 사람들은 모두 똑같은 걸 원했다. 미즈키를 사랑하고 미즈키로부터 사랑받길 원하는 그 마음이 고통스러울 만큼 절실하게 느껴졌다.

어떤 사람은 살며시 미즈키의 손을 잡으며 말했다.

"그동안 힘들었지?"

미즈키가 지금보다 훨씬 어렸을 때 미즈키를 데려갔던 위탁 부모는 미즈키를 흐뭇하게 바라보며 말했다.

"오늘부터 여기가 미즈키의 집이란다."

그런 사람들에게서는 항상 같은 냄새가 났다. 보육원의 선생님들에게 나는 냄새와 똑같은 냄새. 향긋하면서도 숨 막힐 듯한 선의의 냄새. 미즈키는 그 냄새가 불편했다. 하지만 츠다 할머니에게는 그런 냄새가 나지 않는다. 처음 만났을 때도, 지금도 할머니가 미즈키를 사랑하고 싶어 하는 것 같지는 않았다. 할 수만 있다면 관계를 맺고 싶지 않은 것처럼 보이기도 했다.

'그런데 어째서 할머니는 나를 데려온 걸까? 게다가 다른 아이까지…. 그 여자아이는 대체 어떤 아이일까. 나와 같은 나이인 건 우연일까? 아니면 할머니가 원한 걸까?'

원래 미즈키는 결코 남에 대해 알고 싶어 하지 않는다. 누군가 자신의 마음을 들여다보는 것도, 자신이 누군가의 마음을 들여다보는 것도 싫다. 가능하면 누구의 주의도 끌지 않고, 누구와도 얽히지 않은 채 살고 싶다. 지금까지 줄곧 그렇게 생각하고 그렇게 행동해 왔다. 그런데 지금 미즈키는 별장 주인의 비밀이 무엇인지 자꾸만 신경이 쓰인다. 멈추고 싶지만 마음이 저절로 그쪽으로 향한다.

'츠다 할머니는 왜 그렇게 슬퍼 보이는 걸까?'

아주머니가 한 말이 떠올랐다.

'3년 전에 그런 일이 있고부터….'

"그런 일은 대체 무얼 말하는 걸까? …아니, 내가 지금 뭘 하는 거지? 어차피 나와 아무 상관도 없는데."

그렇게 자신에게 말하며 뭉게뭉게 피어오르는 잡념을 떨쳐 버리려는 듯 미즈키는 깊게 숨을 내쉬었다.

바로 그때였다. 믿을 수 없을 정도로 선명한 환영이 미즈키의 머릿속에 또렷하게 떠올랐다.

꽃이 활짝 핀 벚나무다. 맑게 빛나는 보름달 아래, 벚나무가 연무처럼 피어오르는 꽃잎을 가지 사이로 넓게 펼치고 있다. 꽃은 지금이 절정인지 한 장의 꽃잎도 떨구지 않았다. 그 모습 그대로 만개한 꽃을 뽐내며 놀랍도록 새하얀 빛을 뿜어냈다.

미즈키는 어째서인지 환영인데도 그 정경 속에서 그리운 냄새를 맡았다. 아련하게 달콤한 벚꽃과 촉촉한 봄바람의 향기가 실려 왔다.

'달빛 마을?'

갑자기 이 단어가 떠올라 미즈키는 가슴이 철렁했다.

"달빛 마을."

가만히 소리 내어 말해 본다. 미즈키는 이것이 호수에 잠긴 마을의 이름이라는 걸 깨달았다. 환영 속의 벚꽃은 달빛 마을에 피어 있던 꽃이다. 미즈키는 그걸 알고 있다.

"어째서지? 어째서 이걸 내가 알고 있는 거지?"

그 대답은 알 수 없었다.

정신을 차리고 보니, 미즈키는 발코니 난간을 두 손으로 꽉 잡고는 검푸른 호수를 집어삼킬 듯 노려보고 있었다. 소스라치게 놀라 난간에서 손을 뗐다. 고개를 들자 푸르스름한 초승달은 서쪽 산마루로 거의 넘어가 끄트머리만 보였다. 심장이 자꾸만 쿵쿵 세차게 요동쳤다.

갑자기 불안감이 몰려왔다. 자신이 와서는 안 될 곳에 발을 들여놓았다는 생각이 들었다. 이곳에 오지 말아야 했다.

오면 안 되는 거였다. 이유도 없이 그런 생각이 머릿속을 스쳤다. 어딘가로 도망치고 싶었다.

호수 건너편 기슭에서 뭔가가 반짝 빛났다. 자세히 보니 터널을 빠져나오는 검은색 차 한 대가 이쪽으로 달려 오고 있었다. 어스름 속에서 자동차 불빛이 점점 가까워졌다. 저 차에는 아카리라는 여자아이가 타고 있는지도 모른다. 무인 차단기가 올라갔다. 검은색 차가 안쪽으로 들어왔다.

'오면 안 돼!'

미즈키는 마음속으로 외쳤다.

'저 아이까지 여기 오면 안 돼. 우리는 이곳에 있으면 안 된다고!'

검은색 차는 순식간에 별장 가까이 다가왔다. 차는 건물 앞쪽에서 댐을 따라 난 길을 벗어나 별장 현관으로 이어지는 숲길로 들어가 이제 보이지 않았다.

아래층에서 현관문을 여는 소리가 났다. 츠다 할머니가 도착한 손님을 맞이하러 나간 듯했다. '어서 오렴.'이라는 단 한 마디의 말을 건네기 위해, 그 의무를 다하려고 나갔을 것이다.

미즈키도 당장 그 아이를 만나러 가고 싶었다. 방을 나가 계단을 뛰어 내려가고 싶었다. 현관문을 열고 들어오는 또 한 명의 여자아이를 자기 눈으로 확인하고 싶었다. 미즈키는 그런 마음을 억누르고 조용히 방으로 들어갔다. 발코니 창문을 닫고 방문을 살짝 열어 귀를 기울이자, 다시 현관문이 열리는 소리가 나고 활기찬 목소리가 들려왔다. 저 목소리는 요코 아주머니. 아마 이번에도 아주머니가 짐을 들고 손님을 방으로 안내할 것이다.

"피곤하지?"

아까와 똑같은 말을 했다.

"아니요. 괜찮아요."

누군가 대답하는 목소리가 들렸다.

"미즈키는 아까 도착했어. 네 방은 미즈키 옆방이야."

두 사람의 발소리가 계단을 올라온다. 미즈키는 문 앞에서 나갈지 말지 망설였다.

"여기가 네 방이야."

옆방 문이 열리는 소리가 들렸다.

"우아, 넓다!"

숨을 깊게 들이마시는 듯했다. 두 사람의 발소리는 방 안으로 들어갔다.

미즈키는 살짝 열어 둔 방문을 슬며시 소리 나지 않게 닫았다. 긴장한 나머지 자기도 모르게 두 손에 땀이 배어났다. 심장이 두근두근 뛰었다. 어차피 저녁을 먹을 때 만날 거라고 생각해도, 아니 그렇게 생각하자 더 숨쉬기 힘들어졌다.

미즈키는 문 앞에서 물러나 차가운 공기를 마시려고 다시금 발코니 창문을 열었다. 어느새 해가 저물었다. 달이 기운 밤하늘에는 아름다운 별들이 총총 빛나고 있었다.

"아⋯."

미즈키가 발코니로 나간 순간 작은 목소리가 들렸다. 놀라 고개를 돌리자 옆방 발코니에 서 있는 아카리와 눈이 마주쳤다. 호수를 향해 나 있는 발코니에서 미즈키와 아카리는 말없이 서로를 바라봤다. 옆방 안쪽에서 아주머니의 목소리가 들렸다.

"짐은 옷장에 넣어 둘게. 안에 있는 옷은 할머니가 널 위해 준비한 거니까 마음에 드는 걸로 골라 입으렴."

아카리가 속삭이듯 말했다.

"⋯미즈키?"

처음 만났는데 아카리는 인사도 없이 미즈키의 이름을 대뜸 불렀다. 하지만 미즈키는 그렇게 부르는 게 맞다고 느껴졌다.

'저 아이는 나와 같은 냄새가 나.'

미즈키는 어두컴컴한 어둠 속에서 푸르게 빛나는 소녀의 눈빛을 보며 꼴깍 침을 삼켰다.

"⋯아카리?"

미즈키의 말에 아카리가 고개를 끄덕였다. 아카리는 숨죽인 목소리로 미즈키에게 속삭였다.
"너도 그렇구나? 너도 어둠 속에서 볼 수 있지?"

그날 저녁 식사 자리에서 츠다 할머니는 아카리와 미즈키에게 서로를 소개했다.

"아카리, 이쪽은 미즈키야. 미즈키, 여기는 아카리란다."

식당의 밝은 조명 아래에서 다시 미즈키를 본 아카리는 정말 예쁜 아이라고 생각했다.

'거짓말 같아! 이렇게 예쁜 사람이 있다니.'

매일 동아리 활동을 하느라 피부가 새카맣게 탄 아카리와 달리 미즈키의 피부는 투명할 정도로 하얬다. 장밋빛 볼과 체리 같은 핑크빛 입술, 기다란 속눈썹에 또렷한 눈매, 오뚝한 코 그리고 윤기 흐르는 검은 머릿결…. 신은 분명 이 아이를 빚을 때 특별히 심혈을 기울였을 것이다.

"난 너희 둘을 위탁 아동으로 데려오고 싶어. 하지만 너희가 원하지 않는다면 돌아가도 좋단다. 그래도 여름 방학은 여기에서 지내면서 생각해 보면 좋겠구나."

그 외의 설명은 전혀 없었다. 할머니는 아이들이 어떻게 자랐고 어떻게 해서 이곳에 오게 됐는지 설명해 줄 생각이 없어 보였다. 자신이 왜 한 번에 두 아이를 위탁 아동으로 데려오려는 것인지도.

"저… 앞으로 어떻게 부르면 좋을까요?"

아카리가 물었다.

"부르고 싶은 대로 부르렴."

아이들과 거리를 두는 말투였다. 다 함께 자리한 새로운 집의 식탁을 천천히 둘러본 아카리는 작게 한숨을 내쉬었다. 요리는 모두 훌륭했지만, 김이 피어오르는 따끈따끈한 음식이 식탁 가득 차려져도 분위기는 싸늘했다.

식당 안쪽 주방에서 요리를 가져온 사람은 할머니가 '쿠도 씨'라고 부르는, 마르고 눈이 부리부리한 여성이었다. 요코 아주머니가 말했던 음식을 주로 담당하는 영양사인 모양이었다. 영양사는 식당으로 나올 때마다 어쩐지 안절부절못하며 주변을 두리번거리다가 무표정한 얼굴로 아무 말 없이 사람들 앞에 요리 접시를 늘어놓고 다시 주방으로 들어가 버렸다.

'요리를 만든 것도 저 사람일까? 저렇게 마르고, 퍼석퍼석한 닭 뼈 같은 사람이 이렇게 맛있는 음식을 만들다니….'

아카리는 신기했다.

할머니는 옆에 앉아 있는 변호사와 자연재해나 경기, 여행 때 갔던 외국의 어느 마을에 관한 이야기를 나누었다. 아카리 옆에 앉은 미즈키는 꾸역꾸역 음식을 먹었다. 차려진 요리를 남김없이 깨끗하게 비웠는데, 그 모습은 맛있는 음식을 즐긴다기보다 주어진 양을 깔끔하게 처리하는 듯한 느낌이었다.

문득 미즈키가 입은 옷을 본 아카리는 자기도 모르게 눈썹을 찌푸렸다. 묘하게 반들반들한 남색 원피스에 쭈글쭈글한 하얀색 칼라가 달려 있었다. 게다가 미즈키에게는 너무 헐렁했다. 아카리는 절에서 할아버지와 둘이 살았기 때문에 또래 사이에서 그다지 멋을 부리는 쪽은 아니었다. 그런 아카리가 봐도 미즈키의 원피스는 너무 형편없었다.

'왜 저런 옷을 입었지? 물론 자기 옷일 것이다. 이 집 옷장에 걸려 있던 옷은 아니다.'

이런 생각을 하는 아카리도 집에서 입고 온 옷 그대로였다. 중학교에 들어가면서 할아버지가 사 주신 옷이다. 회색과 분홍색 체크무늬 주름치마와 흰색 블라우스. 블라우스의 옷깃에는 작게 회색 자수가 들어가 있고, 목 앞쪽으로 묶는 귀여운 리본은 치마와 잘 어울리는 분홍색이었다.

갑자기 미즈키가 식탁을 향했던 시선을 들어 아카리를 봤다. 시선과 시선이 마주했다. 그 눈은 좀 전에 발코니에서 봤을 때처럼 푸르게 빛나진 않았지만, 마음속 깊은 곳을 꿰뚫어 보는 것만 같아서 아카리는 왠지 거북했다.

결국 미즈키와 한마디도 나누지 못한 채 저녁 식사가 끝나고 말았다.

'궁금한 게 무척 많았는데…. 이야길 나누고 싶었는데….'

아카리는 저녁을 먹고, 2층으로 올라가면서 큰맘 먹고 미즈키에게 말을 걸었다.

"내 방에 갈래?"

아직 잠자리에 들기에는 이른 시간이었다. 하지만 아카리의 말에 미즈키는 당황하며 고개를 천천히 옆으로 젓고는 자기 방으로 들어가 버렸다.

"뭐야? 왜 저래?"

아카리는 눈앞에서 닫혀 버린 미즈키의 방문을 쳐다보며 투덜거렸다.

방에 들어와서 씻고 잠옷으로 갈아입었다. 할머니가 준비한 옷은 별로 내키지 않아서 집에서 가지고 온 헐렁한 체육복 바지와 가슴에 그림이 그려진 하얀 반소매 티셔츠를 입었다. 아카리는 그제야 마음이 조금 편안해지는 것 같았다.

아직 9시도 되지 않았다. 창문을 열고 방충망만 닫아 둔 발코니 너머로 끝도 없는 깊은 어둠이 펼쳐져 있었고, 이따금 부엉이가 '부우 부우' 하고 우는 소리가 희미하게 들려왔다.

찻잔이 놓인 선반 옆에는 TV도 있었지만 전원을 켜고 싶지는 않았다. 오늘은 토요일이니까 9시에 할아버지와 주말마다 함께 보던 예능 프로그램이 한다. 하지만 그 떠들썩한 장면을 혼자 보기는 싫었다.

널찍한 방에 있으니 더욱더 혼자라고 느껴졌다. 새로운 집은 아카리를 환영해 주는 것 같지 않았다. 이곳 사람들은 아카리에게도, 미즈키에게도 전혀 관심이 없어 보였다.

'왜 우릴 데려온 걸까? 미즈키는 뭔가 알고 있을까?

아카리는 혼자 생각에 잠겼다.

발코니 창문을 닫아 놓았는지 옆방은 조용했다. TV를 보는 것 같지도 않고 움직이는 소리도 들리지 않았다. 조금 전 미즈키의 태도를 떠올리자 아카리는 다시금 화가 났다.

처음 발코니에서 미즈키를 봤을 때 아카리는 자신과 미즈키가 강하게 연결되어 있다는 느낌을 받았다. 어둠 속에서 푸르게 빛나는 미즈키의 눈동자를 보았을 때 자기 눈과 똑같다는 걸 알았다. 그 순간 자신과 미즈키의 마음이 통했다고 생각했다.

'어째서 우리는 같은 눈을 갖고 있을까?'

아동 상담소에서 할머니를 만났을 때의 일이 머릿속에 되살아났다.

'혹시 너도 밤에 볼 수 있니?'

할머니는 아카리의 눈에 관해 알고 있었다.

'너, 그것 말고도 신비한 능력이 있지?'

게다가 아카리의 또 다른 비밀도 알고 있는 듯했다. 그때를 떠올리자 마음이 소란스러워졌다. 어느새 미즈키도 뭔가 숨기는 게 있을지도 모른다는 생각이 들었다. 그건 어쩌면 같은 비밀일 수도 있다. 아카리는 미즈키와 이야기를 해야겠다고 생각했다. 미즈키와 자신이 어떻게 연결되어 있는지 알면 어째서 둘이 이곳에 온 건지 알 수도 있다. 이런 생각이 들자 아카리는 가만히 있을 수 없었다. 방충망을 열고 맨발로 발코니로 나갔다. 불빛을 쫓아 방충망에 앉아 있던 하얀 나방 두 마리가 놀란 듯이 날아올랐다.

난간 너머로 몸을 내밀어 옆방을 들여다보니 캄캄한 방에 은은한 불빛이 켜져 있었다. 작은 탁자 위의 램프일 것이다. 방 안은 조용했다.

발코니와 발코니 사이는 1미터도 떨어져 있지 않았다. 난간 위로 올라가 점프하면 옆방 발코니로 쉽게 뛰어내릴 수 있을 것 같았다.

아카리는 운동에 자신이 있었다. 수고스럽게 복도로 나가 문을 두드려 미즈키를 불러내고 싶지는 않았다. 만약 벌써 자는 거라면 자는 사람을 중간에 깨우게 되고, 게다가 문을 두드리면 또다시 딱 잘라 거절할지도 모른다. 괜히 소란을 피우고 싶지도 않고 그 모습을 이곳 사람들에게 보이기도 싫었다. 아마 지금쯤 할머니는 1층 거실에서 변호사와 이야기를 나누고 있을 것이다. 할머니가 식사 후에 회사 일로 말할 게 있다고 변호사를 불렀다.

골짜기에서 바람이 살살 불어와 별장 주변의 나무들이 사락사락 술렁거렸다. 바람이 잔잔한 호수 냄새를 싣고 왔다.

오늘 저녁 아카리가 이 별장에 도착했을 때 서쪽 산마루에 걸린 초승달이 보였다. 달은 이미 기울었다. 반짝거리는 윤슬은 어둠에 가려 보이지 않았지만, 난간 너머를 뚫어지게 응시하자 아카리의 눈에는 저 멀리 골짜기 밑에서 잔물결 치는 호수가 보였다.

별장은 호수로 이어지는 산비탈에 몸을 삐죽이 내밀듯 위태롭게 서 있었다.

'괜찮을 거야. 난간에 올라갈 때만 조심하면 될 거야. 살짝 올라가서 가볍게 뛰면 돼.'

아카리는 빨려 들어갈 듯한 골짜기에서 시선을 거두고 마음속으로 되뇌었다. 숨을 크게 한 번 들이쉬고는 마음을 정했다.

'간다!'

발코니의 차양을 받치는 철제 지지대를 한 손으로 잡고 다른 손으로는 난간을 잡았다. 발코니 바닥을 박차고 단숨에 난간 위로 올라갔다. 가슴이 살짝 두근거렸다. 미즈키 방의 발코니 바닥이 바로 눈앞에 보였다. 아카리는 골짜기에서 불어오는 바람을 한 번 더 깊이 들이마시고 옆방 발코니를 향해 뛰었다. 발코니 바닥에 맨발로 쿵 내려섰다.

두 손을 가볍게 털며 창문으로 안을 들여다본 아카리는 자기도 모르게 "앗!" 하고 작게 소리쳤다.

미즈키가 창문에 딱 달라붙듯 서서 이쪽을 뚫어지게 보고 있었다.

"지, 지금 뭐 하는 거야?"

아카리는 두근거리는 가슴을 진정시키며 겨우 말했다. 물론 이건 미즈키가 할 말이었다.

미즈키는 아무 말 없이 천천히 창문을 열었다. 창문을 사이에 두고 두 사람은 서로를 마주 봤다.

"어떻게 왔어?"

미즈키가 속삭이듯 물었다.

"내 방 발코니 난간에 올라가서 이쪽으로 뛰어내렸어."

아카리도 속삭이듯 대답했다. 미즈키가 놀랐다는 듯 눈을 휘둥그레 떴다. 눈동자가 푸르게 빛났다.

"떨어지면 어쩌려고? 이 아래는 낭떠러지야."

"그러니까 떨어지지 않게 뛰었지. 간단해."

미즈키는 정말 어처구니가 없다는 표정으로 아카리를 빤히 쳐다봤다.

그러고는 이제야 생각났다는 듯 중얼거렸다.

"일단 들어와."

아카리는 쫓겨나지 않아 다행이라 생각하며 미즈키의 방으로 조심스레 들어갔다. 은은하면서도 아련한 빛에 감싸인 방에서 미즈키는 왜 왔냐고도, 무슨 일이냐고도 묻지 않고 벽 쪽에 놓인 소파 오른쪽에 앉았다. 아카리는 소파 왼쪽에 앉았다.

잠시 기다려 봐도 방 주인은 아무 말도 하지 않았다. 하는 수 없이 아카리가 먼저 입을 열었다.

"있잖아. 넌 여기서 계속 살 생각이니?"

미즈키는 아카리의 얼굴을 보지 않고 작은 목소리로 대답했다.

"모르겠어."

"이상하지 않아?"

아카리가 다시 물었다. 미즈키는 대답하지 않았다. 아카리를 보려고 하지도 않았다.

"저기, 그 사람, 츠다 할머니 말인데 우리한테는 전혀 관심이 없는 것 같아. 그런데 우리를 데려오다니 좀 수상하지 않아? 할머니가 내건 조건은 너도 들었지? 우리를 찾을 때의 조건 말이야."

"아니, 몰라."

미즈키는 여전히 눈을 내리뜬 채 고개를 옆으로 저었다. 아카리는 점점 짜증이 나기 시작했다.

"근데 너 말이야. 마음에 안 드는 거라도 있어? 내가 너한테 잘못한 거라도 있니?"

"응?"

미즈키가 놀랐는지 고개를 들고 동그랗게 뜬 눈으로 아카리를 봤다. 아카리는 미즈키의 눈을 빤히 보면서 말했다.

"네가 날 피하는 것 같아서 그래. 눈도 마주치지 않고 말도 잘 안 하고. 맘에 안 드는 게 있으면 확실히 말로 해 줘."

말을 끝낸 아카리는 그제야 미즈키가 아직도 그 이상한 옷을 입고 있다는 사실을 알아차렸다. 아직 샤워도 하지 않은 것 같았다.

아카리를 바라보는 미즈키의 얼굴은 당황한 기색이 역력했다.

"미안해."

미즈키가 불쑥 말했다.

"어?"

이번에는 아카리가 되물었다. 미즈키는 말하기 곤란하다는 듯 천천히 단어를 이어 붙여 말하기 시작했다.

"난 사람들과 잘 사귀지 못해. 주변 사람들과 잘 어울리지 못한다고 해야 하나, 보통 방식으로 남과 친해지지 못한다고 해야 하나."

"그게 무슨 말이야?"

아카리는 영문을 몰라 미즈키에게 되물었다. 미즈키는 입을 다문 채 뭔가 질문을 던지듯 물끄러미 아카리의 눈을 바라봤다. 이번에는 미즈키가 아카리에게 물었다.

"혹시 너도 냄새를 맡니?"

"뭐? 냄새라니 어떤 냄새?"

아카리가 이렇게 되묻자 미즈키는 실망한 표정을 지었다.

"아니구나. 넌 아니구나. 넌… 나랑 다르구나."

아카리는 미즈키 옆으로 좀 더 다가갔다.

"좀 알아듣게 말해 봐. 무슨 말인지 모르겠어. 무슨 냄새?"

미즈키는 무릎 위의 두 손을 모았다. 손가락이 하얗게 될 정도로 세게 두 손을 맞잡았다. 미즈키는 있는 힘을 다 짜내듯 간신히 입을 열었다.

"난 다른 사람들보다 냄새를 훨씬 잘 맡아. 보통 사람은 맡지 못하는 냄새도 맡을 수 있어. 예전에 학교에서 몇 킬로미터나 떨어져 있는 집에 불이 났는데, 교실에서 연기 냄새를 맡았어. 그렇지만 아무한테도 말하지 않았어. 그렇게 먼 곳의 냄새를 맡았다고 하면 다들 이상하게 생각할 테니까."

아카리가 마음속으로 냄새를 잘 맡는 것과 사람들과 잘 사귀지 못하는 것의 연관성을 생각하고 있는데 다시 미즈키가 말했다.

"그런 냄새뿐만 아니라 난 사람의 냄새도 느껴. 그러니까 이 사람은 어떤 사람인지, 지금 무슨 생각을 하는지, 그런 걸 어렴풋이 냄새로 알 수 있어. 이상하지?"

미즈키는 난처하면서도 슬픈 표정으로 아카리를 바라봤다. 아카리는 미즈키의 말을 이해해 보려고 애썼다.

"그러니까 말하지 않아도 안다는 거야? 누군가와 만나서 그 사람을 보기만 해도, 그 사람의 냄새만 맡고도 어떤 사람인지 안다는 말이야?"

"응, 비슷해."

미즈키가 고개를 끄덕였다. 아카리는 자기도 모르게 티셔츠 어깻죽지에 코를 대고 자기 냄새를 확인하고 싶어졌다. 하지만 간신히 참고, 조심스레 미즈키에게 물었다.

"혹시 내 냄새도 나니?"

미즈키는 다시 한번 고개를 끄덕였다. 아카리는 침을 꼴깍 삼키고 물었다.

"어떤 냄새야?"

미즈키는 아카리를 가만히 바라봤다. 그리고 천천히 대답했다.

"넌 나랑 똑같은 냄새가 나."

깜짝 놀란 아카리에게 미즈키가 말했다.

"그래서 나랑 같은 줄 알았어. 너는 나랑 똑같은 눈과 똑같은 냄새를 갖고 있으니까 분명히 나랑 같을 거라고 생각했어. 너도 사람의 냄새를 맡을 수 있는 줄 알았지. 근데… 아니구나."

미즈키는 실망한 듯 아카리에게서 시선을 거두고 입을 다물었다. 아카리도 말없이 고개를 떨궜다.

저 멀리 어둠 속에서 우는 부엉이 소리가 조용한 방에 다시 울려 퍼졌다.

아카리는 한 번 더 미즈키에게 물었다.

"그거 누구한테 말한 적 있어?"

미즈키는 아카리를 보며 고개를 저었다.

"아무한테도 말한 적 없어. 어렸을 때는 이게 당연한 건 줄 알았어. 다 나랑 같은 줄 알았는데, 다르다는 걸 알고서는 오늘 처음 말한 거야."

"그 사람이 비밀을 알고 있다고 했니?"

아카리가 묻자 미즈키는 놀란 듯 숨을 삼키고 아카리의 얼굴을 물끄러미 쳐다봤다.

"그 사람이라니? 츠다 할머니를 말하는 거야? 할머니가 알고 있을 리 없어. 이야기도 몇 번 안 해 봤고 이건 아무도 모르는 거니까."

미즈키가 빤히 쳐다봤지만, 아카리는 '그 사람은 내 비밀을 아는 것 같았어.'라고 말하지 않았다. 할아버지가 절대 누구에게도 말하면 안 된다고 했던 자신의 비밀을 미즈키에게 털어놓을 결심이 아직 서지 않았다.

'우린 똑같지 않다. 난 미즈키처럼 사람의 냄새를 느끼지 못한다. 하지만 우리는 똑같다. 나와 미즈키는 같은 눈을 갖고 있다. 그리고 나도 미즈키처럼 누구에게도 말할 수 없는 힘을 숨기고 있다.'

머릿속으로 정리를 끝낸 아카리는 비밀을 털어놓는 대신 미즈키에게 물었다.

"그럼 츠다 할머니는 어떤 냄새가 나?"

미즈키는 빠르게 눈을 몇 번 깜박거리더니 작은 목소리로 대답했다.

"슬픈 냄새."

"뭐?"

의외의 말에 아카리는 눈을 동그랗게 떴다.

"슬픈 냄새라니, 그게 어떤 냄새인데?"

미즈키는 고개를 살짝 들어 허공을 보며 생각에 잠겼다.

"딱히 어떤 냄새라고 설명하기 어렵지만, 장마 때 비가 그치고 난 다음 땅에서 나는 냄새랑 약간 비슷해. 하지만 더 묵직하고 들이마시면 가슴이 뭉클해지는 그런 냄새야. 할머니의 몸에서는 아주 강하고 커다란 슬픔의 냄새가 나. 할머니는 그걸 숨기고 싶어 하는 것 같지만 그래도 온몸에서 흘러넘친다고 해야 하나. 이 집에도 그 냄새가 배어 있어. 그래서 난 여기가 싫어."

미즈키는 이렇게 말하고 나쁜 냄새라도 맡은 듯이 눈썹을 찡그렸다.

"근데 어째서? 어째서 할머니한테 그런 냄새가 나는 거야? 뭐가 그렇게 슬픈 거지? 엄청난 부자잖아. 이렇게 멋진 별장도 있고."

아카리가 이유를 모르겠다는 듯 고개를 갸웃거리자 미즈키가 생각났다는 듯 덧붙였다.

"3년 전에 무슨 일이 있었대. 그 일이 있고부터 완전히 달라졌다던데…."

"무슨 일?"

"그건 몰라."

미즈키가 고개를 옆으로 저었다.

"왜 더 묻지 않았어?"

아카리가 어이없어하며 말하자 미즈키는 난처하다는 듯 어깨를 가볍게 으쓱했다.

"난 다른 사람과 이야기하는 게 어려워."

아카리는 길게 숨을 토해냈다.

"있지."

갑자기 미즈키가 아카리의 얼굴을 들여다봤다. 어느새 둘은 어깨가 닿을 정도로 가까이 있었다.

"근데 넌 내가 사람의 냄새를 느낄 수 있다고 말했는데도… 왜 놀라지 않는 거야?"

아카리는 미즈키의 눈빛에 말문이 막혔다. 그건 아카리도 미즈키처럼 남에게 말할 수 없는 비밀이 있기 때문이다. 비밀을 털어놓아야 할지 망설이자 미즈키는 아카리에게서 휙 고개를 돌리고는 숨을 들이마셨다.

"넌 나랑 똑같은 냄새가 나. 하지만 그것 말고도 아주 복잡한 냄새가 나. 슬픈 냄새도 강하게 나고 밝은 생명의 냄새도 나는데, 비밀의 냄새도 섞여 있어."

말문이 막힌 아카리 앞에서 미즈키는 입꼬리를 살며시 올렸다. 어쩌면 웃어 보이려고 했는지도 모른다. 하지만 미소 같지 않은 미소는 금세 사라지고 말았다.

'비밀은 어떤 냄새가 날까?'

아카리가 이런 생각을 하고 있는데, 미즈키가 미소 지었다. 이번에는 완벽한 미소였다. 미즈키가 환하게 미소 지으며 말했다.

"비밀은 덩굴장미 냄새가 나."

"문으로 가는 게 안전하지 않겠어?"

미즈키가 말했다. 그렇지만 아카리는 발코니로 가겠다고 고집을 부렸다.

"보여 줄게. 폴짝 뛰어넘기만 하면 된다니까."

아카리에게서 팝콘 냄새가 풍겨 왔다. 팝콘 냄새는 우쭐해 하는 사람의 냄새다. 초등학생 때 보육원에서 같이 지냈던 남자아이는 항상 팝콘 냄새를 진하게 풍겨 댔다.

"그만둬. 위험해."

아카리는 미즈키의 말에 아랑곳하지 않고 발코니로 나가 난간 위로 가뿐하게 올라섰다. 튀어나온 발코니 끄트머리에서 차양을 받치고 있는 지지대를 잡더니 어째선지 미즈키 쪽으로 몸을 휙 돌렸다. 아카리가 여유만만한 얼굴로 웃으며 손을 흔들었을 때였다.

끼익ㅡ.

기분 나쁜 소리가 나더니 지지대가 기울었다.

"아악!"

미즈키는 소리치며 다급하게 아카리 쪽으로 손을 뻗었다. 균형을 잃은 아카리가 한쪽 손으로 미즈키의 손을 잡았다.

끼익ㅡ.

또다시 지지대가 기울었다. 차양과 접합한 부분이 떨어지고 말았다.

끼이익ㅡ.

아카리의 몸이 뒤로 확 꺾이더니 아래쪽으로 쏠렸.

그리고 둘은 떨어졌다. 캄캄한 어둠 속으로.

뭔가 이상했다. 그 위치에서 떨어지는 아카리를 잡은 미즈키는 발코니 난간에 부딪히든 걸리든 해야 할 텐데 전혀 그런 느낌이 없었다. 신기하게도 둘은 곧장 끝 모를 바닥을 향해 아무것도 없는 어둠 속으로 떨어졌다.

하지만 땅에 떨어질 때 충격은 거의 없었다. 정신을 차리고 보니 축축한 땅 위에 엉덩방아를 찧고 앉아 있었다. 둘은 여전히 손을 꼭 잡고 있었다.

"어떻게 된 거야?"

미즈키는 아카리와 잡고 있던 손을 놓고 두 손으로 조심조심 자기 몸을 만져 보고는 무사하다는 걸 확인했다.

분명 발코니에서 낭떠러지로 떨어졌는데 긁힌 상처도 찢어지거나 혹이 난 곳도 없었다. 그리고 낭떠러지 중간도 호숫가도 아닌 것 같은 곳에 있었다. 호수 냄새가 나지 않았다. 대신 향긋한 벚꽃 내음이 풍겨 왔다.

"벚꽃 냄새?"

미즈키가 놀라서 주변을 둘러보려 할 때, 옆에 있던 아카리가 일어섰다. 아카리는 위를 올려다보며 감탄했다.

"우아!"

아카리의 시선 끝을 눈으로 좇은 미즈키는 입을 다물지 못했다. 머리 위에는 꽃이 활짝 핀 벚나무 가지가 펼쳐져 있었다. 둘은 지금 하늘을 뒤덮을 만큼 크게 가지를 뻗은 나무 밑에 있었다. 벚꽃은 지금이 절정인지 나뭇가지마다 꽃이 활짝 피어 하늘을 가득 메우고 있었다.

미즈키는 하늘을 하얗게 덮은 꽃가지들을 올려다보며 천천히 일어났다.

"어떻게 벚꽃이 피어 있는 거지? 지금은 여름이잖아. 여기 어디야?"

미즈키가 얼빠진 목소리로 중얼거렸을 때 어디선가 불어온 바람이 벚나무 가지를 살랑살랑 흔들었다. 향긋한 벚꽃 내음과 촉촉한 바람 냄새가 뒤섞였다.

그리운 냄새다. 오늘 발코니에서 본 환영이 머릿속을 스치고 지나갔다.

'이 냄새… 여기가 어딘지 알겠어.'

다시금 미즈키의 가슴속에 한 단어가 불쑥 떠올랐다.

'달빛 마을.'

하지만 그럴 리 없었다. 달빛 마을은 이미 호수 아래에 잠겼으니까. 아카리가 천천히 앞으로 걸어가자 미즈키도 조심스레 주변을 둘러보며 나무 밑을 벗어났다. 푸르스름한 달빛 아래 서 있는 커다란 건물이 보였다.

"절인가?"

미즈키가 중얼거리자 주변을 둘러보던 아카리가 고개를 끄덕였다.

규모가 꽤 큰 절이었다. 건물에서 입구까지 이어진 길에 디딤돌이 깔려 있었다. 건물 뒤에는 산이 우뚝 솟아 있고, 그 산 위로 보름달이 떠 있었다.

"여우?"

아카리가 길 가운데를 가리키며 말했다. 디딤돌이 이어진 길 양옆에 한 쌍의 여우로 보이는 석상이 서 있었다.

"가 보자."

아카리가 입구를 향해 걸어갔다. 둘은 오싹할 만큼 차가운 디딤돌을 맨발로 내디디며 걸어갔다.

"음, 여우가 아닌 것 같아."

석상 앞을 지나가면서 아카리가 고개를 갸웃거렸다.

"꼬리가 가늘어. 여우가 아니라 늑대 같은데?"

아카리의 말에 미즈키는 소름이 돋았다. 분명 요코 아주머니가 호수에 잠긴 마을에 절이 있었다고 했다. 그 절은 달의 신과 늑대의 신을 모시는 곳이었다고 했다. 달빛 아래에서 석상을 살펴봤다. 그렇다. 분명 이건 늑대다. 늑대가 앉아 있는 돌 받침대에는 초승달이 새겨져 있었다.

'여기가 정말 아주머니가 말한 절일까? 하지만 그럴 리 없잖아. 그 절은 마을과 함께 호수에 잠겼으니까.'

미즈키가 무심코 멈춰 서서 석상을 살펴보는 동안 아카리는 벌써 입구 쪽으로 갔다. 아카리가 위를 올려다보며 작은 목소리로 외쳤다.

"있다!"

절의 이름이 적힌 현판을 찾은 듯했다. 미즈키도 서둘러 아카리 옆에 섰다. 아카리가 현판을 보고 외쳤다.

"늑대의 절이래!"

미즈키의 가슴이 두근두근 뛰었다. 돌로 만들어진 입구에 걸려 있는 현판에는 '월랑사'라는 글자와 초승달 문양이 그려져 있었다. 아카리가 새하얗게 질린 미즈키의 얼굴을 보고 불안한 듯 물었다.

"왜 그래? 너 여기가 어딘지 알아?"

미즈키는 어렴풋이 푸르게 빛나는 아카리의 눈을 보며, 간신히 목소리를 짜내 말했다.

"여기는… 호수 밑에 가라앉은 마을이야."

"뭐? 그게 무슨 소리야?"

아카리는 잘 모르겠다는 듯 고개를 살짝 기울였다.

"모르겠어."

미즈키도 혼란스럽다는 듯 고개를 저었다.

"요코 아주머니가 그랬어. 늑대를 모시는 절이 있었다고. 하지만 그 절은 마을과 함께 호수 밑에 가라앉았다고 했어. 지금은 산 위에 작은 사당이 남아 있을 뿐이라고…."

"그렇지만 이건 작은 사당이 아니잖아. 여긴 산속도 아니고… 게다가 우린 발코니에서 떨어졌어. 그런데 어떻게 산 위에 있겠어?"

미즈키도 어떻게 된 일인지 알 수 없었다. 뭔가 아주 이상한 일이 일어났다고 생각할 뿐이었다.

낭떠러지로 떨어졌는데 긁힌 상처 하나 없는 몸, 봄도 아닌데 활짝 핀 벚꽃, 게다가 하늘에는 보름달이 떠 있다. 오늘 밤에는 초승달이 떠 있었는데….

'여긴 어디지? 도대체 어디야?'

숨이 가빠 오고 머리가 어질어질했다.

입구 옆에는 나무로 만든 안내판이 세워져 있었다. 작은 글씨로 새겨진 글은 아마 이 절의 유래를 설명하는 내용일 것이다. 미즈키와 아카리는 누가 먼저랄 것도 없이 빠져들 듯 안내판에 눈을 고정했다.

안내판에는 달빛 마을의 절이라고 쓰여 있었다.

'역시 달빛 마을이었어. 난 14년 전 호수에 가라앉은 마을의 이름을 어떻게 알았지? 이 마을에 와 본 듯한 건 왜일까?'

아카리가 안내판에서 눈을 떼지 않은 채 낮은 목소리로 중얼거렸다.

"달빛 마을은 이미 사라졌잖아. 호수 밑에 가라앉았어. 그럼 여기는 어디지? 우린 어디로 온 거지?"

주변을 둘러보니 낮은 돌계단이 있고 그 앞으로 논을 가로지르는 길이 보였다. 논에는 벼가 없었다. 물도 대놓지 않았다. 그 대신 꽃망울이 벌어지기 시작한 들꽃이 바람에 흔들렸다. 길은 닦여 있지 않았다. 사람들이 지나다니면서 다져진 흙길이 논을 가로지르며 쭉 뻗어 있고 그 앞으로 큰 도로와 수직으로 만나고 있었다. 흙길은 절까지 이어져 있었다. 도로 건너편 어둠 속에서 마을의 불빛이 하나둘 보였다.

둘은 어떻게 하면 좋을지 막막했다. 그때 도로 오른쪽에서 다가오는 자동차 불빛이 보였다. 차는 좌회전해서 절로 이어진 흙길로 들어왔다. 미즈키와 아카리는 깜짝 놀라 서로를 쳐다봤다. 미즈키는 무의식적으로 아카리의 팔을 잡고 향나무 뒤로 몸을 숨겼다.

"왜 숨는 거야?"

미즈키는 대답 대신 조용히 하라고 눈짓했다.

차는 순식간에 두 사람 앞까지 다가오더니 급하게 멈춰섰다. 사실 미즈키도 왜 숨어야 하는지 알 수 없었다. 하지만 자동차 문이 벌컥 열렸을 때 비로소 그 이유를 알았다.

위험을 알리는 냄새가 났다. 이건 녹슨 쇠 냄새와 비슷했다. 다른 냄새를 모두 지워 버릴 만큼 강렬했다. 축축한 밤공기 속에서 코가 얼얼할 만큼 위험한 냄새가 짙게 풍겼다.

차에서 누군가가 내려 트렁크를 여는 소리가 들렸다. 흙길을 밟는 발소리와 거친 숨소리가 이어졌다. 자동차 엔진은 여전히 켜져 있었다. 향나무 뒤에서는 발소리의 주인이 보이지 않았다. 트렁크에서 뭔가를 꺼내고 있다는 걸 소리로 짐작할 뿐이었다. 트렁크에서 꺼낸 짐을 안고 조심조심 돌계단을 올라간다. 향나무를 지나 문으로 들어갈 때, 언뜻 옆모습이 보였다. 여자였다. 두 팔로 커다란 바구니를 안고 있었다. 거칠게 숨을 몰아쉬며 서둘러 들어갔다.

미즈키는 그 사람이 지나갈 때 위험한 냄새가 더욱 짙어지는 걸 느꼈다. 그리고 곧이어 자신의 실수를 깨달았다.

'아니야. 이건 녹슨 쇠 냄새보다 뭔가 더 비릿해. 위험을 알리는 냄새가 아니야. 이건 피 냄새잖아!'

가슴이 쿵쿵 뛰었다. 심장이 요동치는 소리를 누가 들을까 걱정될 정도였다. 아카리가 뭔가 말하려고 하자 미즈키가 입술에 손가락을 세워 말하지 못하게 했다. 아카리는 부루퉁한 얼굴로 갑자기 향나무 수풀에서 머리를 내밀고는 절 안쪽을 확인했다. 미즈키는 다급히 아카리의 티셔츠 자락을 잡아당겼지만 아카리는 까치발을 들고 여자가 달려간 방향을 살펴봤다.

'위험하게 왜 이러는 거야?'

미즈키는 아카리에게 화가 났다. 좀 전에 맡은 피 냄새가 들러붙어 떨어지지 않았다. 그때 아카리가 황급히 미즈키 옆에 쪼그려 앉았다. 아카리가 낮은 목소리로 속삭였다.

"돌아오고 있어."

아까보다 가벼운 발소리가 이쪽으로 다가오고 있다. 미즈키와 아카리는 향나무 뒤에 몸을 숨기고 발소리가 지나가기를 숨죽여 기다렸다. 다시 향나무를 지나가는 찰나에 여자의 모습이 보였다. 바구니는 더 이상 들고 있지 않았다.

자동차까지 쏜살같이 달려가는 소리가 났다. 이제 피 냄새는 나지 않았다. 대신 전에 맡아 본 사람의 냄새가 났다. 그게 누구의 냄새인지 깨달은 미즈키는 소리를 지를 뻔했다.

여자가 차에 타고 문이 탁 닫혔다. 차는 방향을 돌려 서둘러 출발했다. 둘은 엔진 소리가 멀어지자 그제야 일어났다. 자동차 미등이 흙길 끝에서 왼쪽으로 들아 도로를 타고 멀어져 가는 모습이 보였다. 자동차는 왔던 길과 반대쪽으로 달려갔다.

"저기."

놀라서 멍한 미즈키에게 아카리가 말을 걸었다.

"왜 숨은 거야?"

순간 많은 것들이 가슴속에서 올라와 목구멍에 걸렸다. 뭐부터, 어떻게 말하면 좋을지 입이 쉽게 떨어지지 않았다.

"그게… 저 사람… 아까 그 여자 말이야."

초조해하며 어떻게 말해야 할지 망설이는 미즈키를 아카리는 참을성 있게 지켜봤다. 미즈키는 작게 숨을 들이마셨다가 다시 내뱉으며 말하기 시작했다.

"저 사람은 쿠도 씨였어. 아까 별장에서 요리를 내왔던 영양사 말이야."

"어?"

아카리는 입을 살짝 벌렸다.

"거짓말! 그럴 리 없어. 나도 얼굴을 봤는데 아까 그 사람은 영양사랑 전혀 다른 사람이었어. 영양사는 빼빼 말랐잖아. 아까 그 여자는 통통했어. 게다가 훨씬 젊잖아?"

"그렇긴 한데…."

미즈키는 중얼거렸다.

"그 사람이었어. 난 한 번 맡은 냄새는 절대로 잊지 않아. 그러니까 틀림없어. 더 젊고 생김새도 다르지만 냄새는 바뀌지 않으니까. 영양사 냄새랑 똑같아."

아카리는 미즈키의 말을 어떻게든 이해해 보려는 듯했다. 말없이 머릿속으로 정보를 정리하려 애쓰고 있었다.

"여동생이라거나 사촌일 수도 있잖아."

아카리의 질문에 미즈키는 단호하게 고개를 흔들었다.

"아니야. 가족이나 친척이라도, 심지어 같은 집에 살아도 사람마다 다 고유한 냄새를 갖고 있어. 다른 사람과 완전히 똑같은 냄새가 날 수는 없어. 물론 비슷한 사람은 있어. 사람의 냄새는 다양한 요소가 뒤섞여 있으니까 그중 몇 가지는 같을 수 있지만 뒤섞인 조합이 전부 똑같은 사람은 없어. 지문이랑 마찬가지야."

아카리는 더 깊이 생각에 잠겼다. 이윽고 고개를 들고는 꿀꺽 침을 삼키고 진지한 표정으로 미즈키를 바라봤다.

"있잖아. 만약 그게 사실이라면 한 가지 생각해 볼 만한 건, 이건 정말 말도 안 되는 이야기인데…."

미즈키는 고개를 끄덕였다. 아마 아카리도 같은 생각을 하고 있으리라 여겼다. 퍼즐의 조각을 맞춰 보면 그렇게 생각할 수밖에 없었다.

아카리는 다시 숨을 들이마셨다. 빠르게 호흡을 반복하고, 간신히 말을 꺼냈다.

"만약 이곳이 14년 전 호수에 잠긴 달빛 마을이고 아까 그 사람이 젊었을 때의 영양사라면, 우린 과거로 온 거야. 그러니까 여기는 호수에 잠기기 전의 달빛 마을이라는 거지."

미즈키가 다시금 고개를 끄덕였다. 미즈키도 그렇게 생각했다. 하지만 이렇게 말로 듣고 나니 도저히 있을 수 없는 일 같았다. 아카리도 혼란스러운 듯 두 눈을 깜빡거리다가 혼잣말처럼 중얼거렸다.

"왜 이런 곳에 오게 된 걸까? 돌아갈 수 있을까?"

미즈키는 다시 고개를 가로저었다.

"뭐가 어떻게 된 건지 모르겠어. 어떻게 하면 좋을지도. 한 가지 확실한 건 이게 꿈이 아니라 현실이라는 거야."

아카리가 미즈키를 빤히 쳐다봤다. 그러고는 다시 숨을 깊이 들이마셨다. 심호흡하듯이 크게 들이마신 숨을 천천히 내뱉고는 축 처진 목소리로 말했다.

"나 때문일지도 몰라. 이렇게 된 건 나 때문일지도…."

미즈키는 순간 멈칫하며 작게 한숨을 내쉬었다.

"당연히 너 때문이지."

미즈키가 말했다.

"네가 발코니로 돌아간다고 바보 같은 짓만 하지 않았으면 이렇게 됐을 리 없잖아! 아, 미안."

미즈키는 자기 말이 너무 심했나 싶어 움찔했다. 아카리는 당황한 듯 눈을 깜박였다. 하지만 곧바로 고개를 크게 끄덕이며 말했다.

"괜찮아. 지금처럼 해도 돼. 화가 날 때는 확실히 말해 주는 편이 좋아. 아무 말 없이 뚱해 있는 것보다 훨씬 나아. 그런데 방금 내가 나 때문일지도 모른다고 말한 건 그런 뜻이 아니야."

"그럼?"

미즈키가 고개를 갸웃거렸다. 아카리는 설명할 말을 찾는 듯했다. 짧은 침묵이 흐르고 아카리가 뜻밖의 말을 꺼냈다.

"난 가끔 멀리 날아가."

미즈키는 그 말 뜻을 좀처럼 이해할 수 없었다. 그저 어리둥절할 뿐이었다.

"그게 무슨 말이야? 가끔 엉뚱한 짓을 한다는 거야?"

"그게 아니야."

아카리의 얼굴에 답답하다는 듯한 표정이 떠올랐다.

"뭐라고 말하면 좋을까? 어떤 장소에서 다른 장소로 한순간에 날아갈 때가 있어."

"한순간에… 날아간다고?"

미즈키가 되묻자, 아카리는 이어서 말했다.

"응, 처음은 아마 유치원 때였을 거야. 친구들과 같이 유치원으로 걸어가고 있었어. 거의 다 도착했을 즈음 자동차가 우리를 향해 돌진했어. 너무 갑작스러운 일이라 소리칠 틈도 없었지. 난 그저 하얀 자동차가 똑바로 우리한테 달려오는 걸 보고만 있었어. 온몸이 마비된 것처럼 움직일 수 없었어. 부딪히겠다고 생각한 순간, 난 법당 앞에 서 있었어."

아카리는 생각났다는 듯이 말을 이어갔다.

"아, 법당은 내가 살던 집을 말하는 거야. 우리 집은 절이었거든. 난 무슨 일이 일어났는지 몰라서 엉엉 울었어. 내 울음소리를 듣고 할아버지가 뛰어나왔지. 하지만 할아버지가 무슨 일이냐고 물어도 난 설명할 수 없었어. 할아버지는 내가 유치원에서 친구랑 다투고 혼자 집으로 돌아온 줄 알고 다시 유치원에 데려다주셨어. 그런데 유치원 앞길에 큰 소동이 벌어져 있었어. 사고가 나서 경찰차도 오고 구급차도 왔어. 다행히 크게 다친 사람은 없었지만 뼈가 부러진 아이도, 뇌진탕을 일으킨 아이도 있었어. 그렇게 친구들 몇 명이 병원에 실려 갔어. 선생님들은 상황이 너무 혼란스러워서 내가 사라진 걸 알아차리지 못했어. 할아버지도 선생님들도 내가 사고 때문에 놀라서 혼자 집까지 갔다고 생각한 모양이야."

아카리는 주저하듯 잠깐 말을 멈추었다가 이어서 말했다.

"사실은 그게 아니었어. 난 나도 모르게 날아간 거야. 사고 현장에서 집까지…. 그 후로도 가끔 그런 일이 일어났어. 날아가고 싶어서 날아가는 게 아니야. 보통은 스위치가 켜지는 원인이 있어. 아까처럼 발코니에서 떨어진다든가, 갑자기 놀랄 만큼 큰 소리가 난다든가. 초등학교 3학년 때는 개가 왕왕 짖어서 도랑에 빠질 뻔했는데 그때도 날아갔어."

미즈키는 아카리를 뚫어지게 바라보며 물었다.

"아무도 그걸 모르니? 아무도 알아차리지 못했어?"

"할아버지만 알았어."

아카리가 대답했다.

"첫 사고 이후로는 이런 일이 일어나는 건 항상 혼자 있을 때였고, 지금까지는 날아가는 곳이 정해져 있었어. 내가 살던 절의 법당. 할아버지는 내가 마음속으로 원하는 곳으로 가는 걸 거라고 말했어. 그리고 이건 아무한테도 말하면 안 된다고도 했지."

"하지만 오늘 밤은 절로 가지 않았구나."

미즈키의 말에 아카리가 살며시 시선을 돌렸다.

"그곳에는 이제 할아버지가 없으니까. 할아버지는 돌아가셨으니까."

아카리의 몸에서 풍기는 슬픔의 냄새가 짙어졌다.

'그렇구나. 할아버지가 돌아가셔서 슬픔의 냄새가 났던

거구나.'

미즈키는 생각했다.

산 쪽에서 불어온 바람이 벚나무 가지를 흔들었다. 왠지 모를 그리운 냄새가 미즈키를 포근히 감쌌다. 스치는 바람 속에서 미즈키가 말했다.

"누군가 널 이곳으로 불러들인 건지도 몰라. 시간을 초월한 이곳이 오늘 밤 우리를 부른 건지도 몰라."

멀리서 소리가 들렸다. 희미한 소리였지만 바람에 실려 온 소리가 두 사람이 숨은 향나무까지 또렷하게 와 닿았다.

아카리가 귀를 쫑긋 세웠다. 미즈키도 무언가 들은 듯했다. 뭔가 우는 소리 같았다. 새끼 고양이일까? 뭔지 알 수 없는 소리가 끊어졌다 이어지기를 반복했다.

소리는 절의 본당이 아니라 왼편에 있는 사무실 쪽에서 들려왔다. 튀어나온 창문 옆에 숨은 듯이 달린 외등이 현관 입구를 부드럽게 비추고 있었다. 소리는 그 근처에서 났다. 어둠 속에 덩그러니 빛나는 불빛 아래에서, 마치 두 사람을 부르는 것처럼.

"뭐지? 가 보자."

아카리는 입구를 지나 길을 가로질러 걸어갔다.

"기다려."

미즈키가 작게 속삭이며 쫓아갔다.

"누가 나오면 어떡해?"

"뭐 어때? 나오면 궁금한 걸 물어보면 되지."

아카리는 길을 가로질러 늑대 석상 앞을 지나 계속해서 나아갔다. 바짝 뒤쫓아 온 미즈키가 작게 한숨을 내쉬었다.

"지금 우린 맨발이야. 한밤중에 맨발로 돌아다니는 아이들을 보면 수상하게 여길 거라고. 경찰을 부를지도 몰라."

경찰이라는 말에 아카리가 멈춰 섰다. 그때 다시 소리가 들렸다. 사무실까지는 이제 10미터도 남지 않았다. 울음소리는 전보다 훨씬 선명하게 들렸다. 하나가 아닌 두 개의 울음소리가 겹쳐서 들리고 있었다.

외등 아래로 바구니가 보였다. 영양사가 안고 있던 바구니였다. 그 안에서 뭔가가 울고 있었다. 소리가 한층 커졌다.

"앗!"

아카리는 소스라치게 놀라 미즈키와 얼굴을 마주 봤다. 미즈키의 눈도 휘둥그레졌다. 그 소리는 새끼 고양이의 울음소리라기보다 마치 아기의 울음소리 같았다.

머뭇거리던 발걸음을 다시 내디디는 아카리를 미즈키가 붙잡았다. 미즈키는 아카리의 팔을 잡고 고개를 저었다.

"안 돼. 그만둬. 아까 바구니에서 피 냄새가 났어. 가지 않는 게 좋아. 그 안을 보면 안 돼."

"피 냄새?"

불길한 단어를 입에 올린 순간 아카리의 두 팔에 소름이 돋았다. 심장이 두근거리며 벌렁거리기 시작했다. 입안은 바싹 마르고 손끝이 싸늘해졌다. 바구니 안의 무언가는 계속해서 울어 댔다.

머릿속으로는 가면 안 된다고 생각하면서도 강한 힘에 몸이 끌려갈 것만 같았다. 바구니 안의 무언가가 자신을 계속해서 부르고 있다.

'가지 않으면 안 된다.'

아카리의 마음속에 또 하나의 의식이 생겨났다.

"살짝 보고 올게. 기다려!"

아카리는 이렇게 말하고 달려갔다.

"바보! 안 된다니까!"

미즈키가 화난 목소리로 작게 외치며 따라갔다. 하지만 이미 늦었다. 아카리는 빨랐다. 반 대항 이어달리기의 마지막 주자는 항상 아카리였다. 아카리는 눈 깜짝할 사이에 바구니 앞에 도착했다. 안쪽에 천을 덧댄 등나무 바구니였다. 그 안에서 뭔가가 꼬물거리고 있었다. 담요에 폭 감싸여 있어서 모습은 보이지 않았다.

아카리는 바구니로 뻗었던 손을 자기도 모르게 움츠렸다. 본 적 있는 담요였다. 분홍색 담요….

그때 누군가 뒤에서 팔을 꽉 잡았다. 아카리는 비명을 지를 뻔했다. 간신히 참고 뒤돌아보니 미즈키가 굳은 표정으로 아카리의 팔을 잡고 있었다. 미즈키의 시선은 아카리를 지나, 바구니 안으로 향해 있었다.

"거짓말이야! 그럴 리 없어."

미즈키가 바구니를 바라보며 혼잣말하듯 중얼거렸다. 아카리의 팔을 잡은 미즈키의 손에 힘이 들어갔다. 아픔이 느껴질 정도였다. 아카리는 크게 숨을 들이마셨다. 미즈키가 잡지 않은 팔을 뻗어 바구니 안의 분홍색 담요를 젖혔다.

그 순간 강한 충격이 온몸을 감쌌다. 무언가 폭발한 느낌이었다. 아카리는 바구니에 폭탄이라도 설치되어 있는 게 아닌가 생각했다. 하지만 폭발음은 들리지 않았다. 열기도 빛도 느낄 수 없었다. 그저 거대한 압력에 몸이 붕 날아갔다.

둘은 날아가다가 어느새 내던져졌다. 엄청난 속도로 떨어지고 있었다.

다시 별장이었다. 아카리는 미즈키에게 오른팔을 꽉 잡힌 채, 발코니에 엉덩방아를 찧고 있었다. 미즈키도 아카리의 오른팔을 꽉 잡고 바닥에 주저앉아 있었다.

둘은 조심스럽게 주변을 둘러봤다. 머리 위로 발코니의 차양과 흔들거리는 지지대가 보였다. 난간 너머 저 멀리, 어둠 속에서 부엉이 울음소리가 들렸다. 새까만 밤하늘에 달은 보이지 않았다.

"돌아왔어. 우리 원래 자리로 되돌아온 것 같아."

아카리가 중얼거리자 미즈키도 끄덕였다. 미즈키는 아카리의 팔을 놓고 천천히 일어나서 엉덩이에 묻은 먼지를 털었다.

"어떻게 된 거지? 뭐가 폭발한 거야?"

미즈키도 똑같이 느낀 모양이다. 아카리도 미즈키를 따라 천천히 일어나면서 고개를 저었다.

"폭발이랑 비슷한 느낌이었는데 아닌 거 같아. '펑!' 하고 터지는 소리도 나지 않았고 번쩍하는 빛도 없었잖아."

방으로 들어간 미즈키가 아카리를 불렀다.

"이것 좀 봐."

아카리가 발코니에서 방으로 들어가자 미즈키는 침대 머리맡에 있는 시계를 가리켰다.

"시간이 전혀 흐르지 않았어. 아까 네가 돌아가겠다고 발코니로 나갔을 때가 분명 10시 조금 전이었는데 아직도 9시 58분이야."

두 사람은 미즈키 방의 소파에 나란히 앉았다.

"네가 날아갈 때는 항상 그러니? 폭발을 일으키면서 날아가는 느낌이야?"

미즈키의 질문에 아카리는 고개를 가로저었다.

"아니, 이런 건 처음이야. 보통 날아갈 때는 항상 한쪽으로만 슉 갔었어. 날아간 후에 다시 제자리로 돌아온 것도 오늘 밤이 처음이야. 돌아와서 다행이다."

"봤어?"

미즈키가 눈을 가늘게 뜨고 아카리를 보면서 물었다.

"어? 뭘?"

"바구니 안 말이야."

아카리는 폭발하는 순간을 떠올리려 했다. 담요를 젖히려고 손이 닿은 순간, 어떤 강한 힘으로 튕겨 나가듯 몸이 휙 날아올랐다. 아카리는 작게 숨을 내쉬며 대답했다.

"못 봤어. 넌 봤어?"

미즈키가 천천히 고개를 저었다.

"나도 못 봤어. 하지만…."

"하지만?"

아카리가 묻자 미즈키는 주저하며 시선을 피했다. 아카리의 머릿속에 아까 그 바구니 앞에서 미즈키가 했던 말이 떠올랐다.

'거짓말이야! 그럴 리 없어.'

미즈키는 바구니 안을 뚫어지게 바라보며 이렇게 말했다.

"혹시 너 바구니 안에 뭐가 들었는지 알아?"

아카리는 고개를 떨구고 있는 미즈키에게 물었다. 미즈키는 무릎 위의 두 손을 맞잡았다. 손에 힘을 꽉 주고는 천천히 고개를 들어 아카리에게 말했다.

"어쩌면 그건 우리였는지도 몰라."

"엑?!"

너무 놀라 숨을 삼킨 아카리의 목에서 날카로운 소리가 울렸다. 아카리는 고장 난 피리에서 나는 듯한 소리를 내고는 아무 말도 할 수 없어서 미즈키를 빤히 바라봤다.

'그건 우리였는지도… 그건 우리였는지도… 그건 우리였는지도….'

그 말이 머릿속에서 빙글빙글 맴돌았다. 아카리는 분홍색 담요를 알고 있었다. 그건 아카리가 버려졌을 때 덮고 있던 담요였다.

아카리가 한동안 아무 말이 없자, 미즈키가 띄엄띄엄 단어를 긁어모으듯 말하기 시작했다.

"그 바구니 안에서 우리 냄새가 났어."

어리둥절해하는 아카리를 바라보며 미즈키는 계속해서 말했다.

"아까도 말했지? 사람의 냄새는 변하지 않는다고. 물론 젊은 사람의 냄새와 나이 든 사람의 냄새는 달라. 하지만 뭐라고 말해야 좋을까? 기본은 똑같아. 얼굴도 그렇잖아. 아무리 나이 들어 주름투성이가 되어도 다른 사람이 되는 건 아니니까. 잘 보면 같은 사람이란 걸 알 수 있잖아."

미즈키는 아카리에게 동의를 구하듯 잠시 말을 끊었다.

"냄새도 똑같아. 단지 막 태어난 아기는 아직 자기 냄새가 몸에 스며들지 않아서 아주 희미하게 나니까…. 그러니까 확신할 수는 없어. 하지만 우리가 바구니에 다가갔을 때 담요를 젖히기 전에 우리 냄새가 난 것 같아. 어쩌면 바구니 안에 들어 있던 건 우리였는지도 몰라."

아카리는 그제야 입을 열었다.

"그럼 피 냄새는? 네가 그 바구니에서 피 냄새가 난다고 했잖아."

"갓 태어났으니까. 막 태어나 씻기지도 않은 아기라면 피 냄새가 난다 해도 이상하지 않아."

아카리는 믿을 수 없었다. 믿고 싶지 않았다.

"그럼 그 아기들이 우리고, 우리가 버려지는 장면을 목격했다는 거야? 하지만 이상하잖아. 내가 버려진 건 여기서 차로 네 시간도 더 떨어져 있는 절 앞이었어. 너도 달빛 마을에서 발견된 게 아니잖아. 게다가 영양사가 우리를 버리다니… 설마 그 사람이 우리 엄마라는 거야?"

"그건 아니야!"

미즈키는 놀랄 만큼 흥분한 목소리로 말했다.

"그 사람의 냄새는 우리와는 전혀 달라. 우리랑 관련 없는 사람일 거야."

"그럼 어째서 우리와 관련 없는 사람이 우리가 든 바구니를 버리는 건데?"

아카리는 풀 길 없는 답답함을 쏟아내듯 미즈키를 향해 매섭게 으르렁거렸다.

"그게 말이 돼? 게다가 우리가 날아간 곳이 우연히도 우리가 태어난 날에 우리가 버려지는 현장이라니, 이건 너무하잖아!"

미즈키는 아카리를 차분하게 바라봤다.

"네가 날아가는 곳은 항상 정해져 있었잖아. 지금까지는 할아버지가 있는 절로 날아갔어. 마음속으로 돌아가고 싶은 곳으로 가는 거라면 어째서 오늘 밤 우리는 시간까지 거슬러 저 호수 아래에 잠긴 마을로 날아갔던 걸까? 아무런 관련도 없는 장소로 가는 게 더 이상하지 않겠어? 관계가 있으니까 그때의 그곳으로 갔다고 생각하는 게 자연스럽지 않아?"

미즈키의 똑 부러지는 말에 아카리는 아무 말이 없었다. 미즈키가 이어서 말했다.

"그때 그 마을에서 우리가 태어났으니까 우리가 거기로

날아간 거야. 그곳이 우리의 고향이니까."

아카리는 그저 미즈키를 뚫어지게 브고 있었다. 미즈키가 뭔가 생각하면서 다시 입을 열었다.

"그리고 좀 전에 폭발이 일어난 게 아니라면 우린 튕겨 나온 게 아닐까?"

"응?"

아카리는 이해할 수 없어 되물었다.

"만약 그 바구니 안에서 울던 게 우리였다면 그런 일은 일어나면 안 되는 거잖아. 과거의 우리와 현재의 우리가 만날 순 없어. 그런 일은 있으면 안 돼. 과거와 현재는 동시에 존재할 수 없으니까. 그래서 우리는 튕겨 나온 걸 거야. 그쪽 시공간에서 튕겨서 이쪽으로 돌아온 거지."

아카리는 눈이 부시다는 듯 눈꺼풀을 깜박거렸다. 동갑의 미즈키가 자신보다 훨씬 어른스러워 보였다. 미즈키는 아카리의 시선에 아랑곳하지 않고 뭔가 골똘히 생각에 잠겼다.

"있잖아…."

아카리는 미즈키에게 살며시 말을 걸었다.

"네가 말한 대로, 바구니 안에 들어 있던 게 우리였다면 우린 왜 같은 바구니에 담겨 있었을까? 같은 날에 태어나, 같은 바구니에 담겨 그 절까지 옮겨졌다는 거지? 그럼 우리는 자매인 걸까? 아니 쌍둥이인 걸까? 너랑 나는 얼굴이 똑같이 닮지는 않았어. 하지만 똑같은 눈을 가졌고 다른 사람들한테 없는 능력도 있으니까….”

생각을 곱씹듯 허공을 떠돌던 미즈키의 눈이 아카리에게 머물렀다. 그러곤 좀 의외라는 듯이 말했다.

"맞아. 몰랐어? 우린 쌍둥이야."

"뭐?"

아카리는 어안이 벙벙한 표정으로 미즈키를 봤다.

"넌 언제부터 안 거야?"

미즈키도 놀란 듯이 아카리를 봤다.

"처음 만났을 때부터 말하지 않았나?"

"말 안 했어."

아카리는 힘주어 고개를 저었다.

"똑같은 냄새가 난다고 했잖아."

미즈키가 답답하다는 듯이 눈썹을 찡그렸다.

"우리 냄새는 진한 피로 연결된 같은 핏줄의 냄새야. 부모 자식이나 형제처럼. 우리가 부모 자식일 리는 없으니까 자매가 틀림없어. 나이가 같은 걸 보면 쌍둥이일 테고."

아카리는 너무 당혹스러워서 눈앞의 미즈키를 물끄러미 바라볼 뿐이었다.

"처음 만났을 때부터 자매라고 생각했으면서 나한테 그렇게 대한 거야? 믿을 수 없어!"

분개하는 아카리를 미즈키는 이상하다는 듯 바라봤다. 그러다 토라진 아카리를 내버려두고는 이내 다시 깊은 생각에 잠겼다.

잠시 후 못마땅함과 한심함을 동시에 느끼던 아카리 옆에서 미즈키가 툭 내뱉었다.

"그 사람은 우리가 쌍둥이라는 걸 알았겠지?"

아카리는 아직 분이 다 풀리지 않았는지 뚱한 목소리로 물었다.

"그 사람이라니? 츠다 할머니?"

미즈키가 고개를 끄덕였다.

"아마 알았을 거야. 아이 둘을 데려왔는데 우연히 헤어진 쌍둥이라니, 말도 안 되잖아."

아카리는 흥분을 억누르지 못하고 말을 쏟아냈다.

"알았던 게 틀림없어. 할머니가 내건 조건이 너무 이상하잖아. 14년 전 4월에 태어난 아이여야 하고, 태어났을 때의 상황이나 부모에 대해 아무것도 몰라야 한다며. 게다가 달과 관련 있는 단서까지 있어야 한다는 건 처음부터 우리를 노린 거라고."

"달과 관련 있는 단서?"

미즈키가 고개를 갸웃거렸다. 아카리는 가만히 있을 수 없어서 미즈키에게 설명해 주었다.

"이름이야. 내 이름은 달이 밝다는 뜻이야. 네 이름은 아름다운 달이라는 뜻이지? 내 이름은 내가 버려졌을 때 같이 발견된 종이에 쓰여 있었어. 그러니까 날 두고 떠난 부모가 붙인 이름이라는 거지. 너도 그렇지? 보호 시설에서 붙여 준 이름이 아니지?"

"응, 아니야."

미즈키가 끄덕였다.

"내 이름도 포대기 속에 든 종이에 쓰여 있었다고 들었어. 달과 관련 있는 단서, 달이 들어가는 이름…."

미즈키는 이렇게 말하고는 뭔가 생각났다는 듯이 고개를 들었다.

"절의 현판에 초승달 문양이 그려져 있었던 거 기억해? 늑대 석상 받침대에도 초승달이 새겨져 있었고."

"아, 그랬나?"

아카리는 잘 모르겠다는 표정을 지었다. 미즈키가 이어서 말했다.

"그 절에서 모시는 게 달의 신과 늑대의 신이라서 늑대 석상과 달의 문양이 있었던 걸까? 달빛 마을 사람들은 이곳 망월산을 신의 산으로 여겨서 그 위로 뜨는 달을 신의 모습이라 생각했다고… 안내판에 그렇게 쓰여 있었잖아?"

"어, 그랬나?"

작은 글자로 새겨져 있던 절의 유래를 자세히 읽지 않은 아카리는 확실히 대답할 수 없었다.

두 사람이 동시에 입을 다물자 침묵이 방을 감쌌다. 이제 부엉이 울음소리도 들리지 않았다.
"우린 여기 오면 안 됐어."
느닷없이 미즈키가 말했다.
"뭐?"
아카리가 놀라서 미즈키를 보자, 미즈키는 발코니 너머 저 멀리 어둠을 바라봤다.
"오늘 네가 탄 자동차가 이쪽으로 오는 모습을 봤을 때, 너도 나도 여기 오지 말았어야 했다는 느낌이 들었어. 말했지? 여기에선 슬픔의 냄새가 나. 그리고 우리가 여기 있으면 그 슬픔의 냄새가 더 강해지는 것 같아. 앞으로 무척 슬픈 일이 일어날 것 같은 예감이 들어."
아카리는 뭐라 대답해야 좋을지 몰라 그저 말없이 푸르게 빛나는 미즈키의 눈을 바라봤다.
"있잖아."
아카리는 여전히 어둠 속을 바라보고 있는 미즈키에게 말했다.
"이제 와서 껴안고 호들갑을 떨고 싶진 않은데, 난, 널 만나서 다행이라고 생각해."

미즈키가 아카리를 바라봤다. 아카리는 망설이면서도 계속 말했다.

"만약 여기 오지 않았다면 우리는 만나지 못했을 거야. 그럼 난 자매가 있다는 사실을 평생 몰랐겠지. 그렇게 모르는 채로 계속 살았을 거야. 그래서 너를 만나서 참 다행이야. 그러니까 내 말은 우리가 여기에 와서 다행인 것도 있지 않을까? 우리가 만났으니까."

미즈키는 잠시 아카리를 바라보더니 아주 살짝 입술 끝을 올렸다. 미즈키는 희미한 미소를 지으며 말했다.

"나도 너랑 만나서 다행이라고 생각해."

"정말?"

아카리가 뜻밖이라는 듯 되묻자 미즈키가 끄덕였다.

"정말이야. 네가 없었으면 그곳에서 여기로 돌아오지 못했을 거야. 내가 그만두라고 말한 걸 무시하고, 네가 아무 생각 없이 담요를 젖히려고 해서 결과적으로 우리가 그곳에서 튕겨 나와 여기로 돌아올 수 있었잖아. 아, 하지만 네가 없었으면 그곳에 갈 일도 없었겠지. 뭐, 그래도… 나도 너를 만나서 좋아."

아카리와 미즈키는 서로의 얼굴을 물끄러미 마주 보고는 히죽 웃었다. 아카리는 미즈키의 말 중에 쓸데없는 부분은 잊기로 했다.

  어느덧 시곗바늘이 10시 반을 지나고 있었다. 달이 기운 어두운 밤하늘에서 불어온 바람이 방의 공기와 부드럽게 섞였다. 아카리는 어둠 밑바닥에 물을 가득 채우고 있는 호수를 바라봤다. 그 밑에 깊이 잠들어 있는 달빛 마을을.

다음 날 아침, 눈을 뜨니 비 냄새가 났다. 희미하게 자동차 엔진 소리도 들렸다. 미즈키는 침대를 빠져나와 발코니로 나갔다. 하얀 자동차 한 대가 차단기를 지나 터널 쪽으로 달려가는 모습이 보였다.

변호사의 자동차다. 미즈키는 그 차가 자신을 이곳까지 태우고 온 차라는 사실을 바로 알아차렸다.

'아직 7시 25분인데, 왜 이렇게 아침 일찍 떠나는 걸까? 어젯밤에도 꽤 늦게까지 아래층에서 할머니랑 이야기하는 것 같았는데….'

이런 생각을 하는 동안 하얀 차는 호수 둘레를 반 바퀴 돌아 터널 속으로 사라졌다.

계속 비가 내렸다. 오랜만에 내리는 비였다. 하늘은 옅은 빛을 머금고 흐린 잿빛으로 빛났다. 구름은 쓸쓸히 가는 빗줄기를 세상에 뿌렸다. 차양 아래에서 발코니 난간에 기대 목을 길게 빼자, 빗줄기가 잔물결 치는 호수로 떨어지는 모습이 보였다. 호수의 물도 어제보다 좀 더 불어났다.

미즈키는 달빛 마을에 활짝 피어 있던 벚꽃을 떠올렸다. 이 호수 밑에 그 마을이 잠겨 있다고 생각하니 마음이 아려 왔다.

차양 아래에서 비에 젖은 머리를 털었다. 아침을 먹으러 가기에는 아직 이를지도 모른다. 아침은 먹고 싶을 때 각자 알아서 먹으면 된다고 할머니가 말했었다. 영양사가 식당에 시리얼과 빵, 차를 준비해 둘 거라고 했다. 하지만 식당에 내려갔다가 영양사랑 마주칠지도 모른다고 생각하니 혼자 내려가고 싶지는 않았다.

어젯밤에 본 풍경이 되살아났다. 피 냄새가 나는 바구니를 안은 영양사의 굳은 옆모습이 눈에 선하다. 14년이라는 세월은 사람을 바꾸는 데 충분한 시간이다. 지금의 영양사는 그때와는 전혀 다른 사람 같지만 냄새만은 속일 수 없다. 그 사람은 분명 영양사였다.

'영양사는 어째서 우리를 절에 버린 걸까?'

자꾸만 신경이 쓰였다. 영양사가 갓 태어난 아기를 유괴

한 걸까. 아니 그랬다면 부모는 아이를 찾으려 온갖 노력을 다했을 것이다. 금세 절에 버려진 미즈키와 아카리를 발견했을지도 모른다.

아직 모르는 게 많다. 미즈키와 아카리가 발견된 장소는 달빛 마을에서 상당히 먼 곳이다. 절에 버려진 두 사람을 누군가가 한 번 더 다른 곳으로 옮겨 놓았다. 누가 왜 그랬을까?

츠다 할머니도 수수께끼다. 할머니는 14년이나 지나서 달빛 마을에서 태어난 쌍둥이를 찾아내 키우려고 한다. 달빛 마을이 잠긴 호숫가에 할머니의 별장이 세워져 있는 것도 분명 우연은 아닐 것이다. 별장에서 영양사가 일하고 있는 것도 당연히 우연이 아니다. 어떤 관계인지, 어떤 이유인지 풀리지 않는 의문이 맴돌았다.

분명한 건 미즈키와 아카리는 츠다 할머니와 혈연관계가 아니라는 사실이다. 만약 조금이라도 관련이 있다면 당연히 알았을 테니까. 보육원에 누군가가 아이를 보러 오면 미즈키는 그 사람과 아이의 관계를 바로 알아차렸다. 가까운 혈연관계일수록 그들만의 냄새가 강하게 나기 때문이다. 먼 친척이라도 혈연관계일 때는 조금이라도 비슷한 냄새가 난다. 하지만 할머니에게서는 미즈키나 아카리와 같은 냄새가 나지 않았다.

아카리의 방에서 움직이는 기척이 났다. 미즈키는 자기도 모르게 발코니 너머로 말을 건넸다.

"일어났니?"

침대가 삐걱거리는 소리에 이어, 방충망 여는 소리가 나고, 자고 일어나 머리카락이 메두사처럼 곤두선 아카리가 발코니로 나왔다.

"일어났어. 근데 잠을 거의 못 잤어. 집에서는 항상 바닥에 이불을 깔고 자니까 너무 푹신푹신한 침대에서는 오히려 못 자겠네."

아카리는 기지개를 켜며 찌뿌둥한 얼굴로 말했다. 미즈키와 아카리는 세수하고 옷을 갈아입은 다음 8시가 되면 아래층으로 같이 내려가기로 했다. 미즈키가 문을 열고 나가자 아카리가 복도에서 기다리고 있었다.

아카리는 검은색 바탕에 흰 글씨가 새겨진 티셔츠를 입고 있었다. 티셔츠의 영문을 본 미즈키가 고개를 갸웃거렸다.

"There is no cure for a fool. 뭐야? 바보에게는 약이 없다는 뜻이잖아."

"역시 어려운 영어도 잘 아네. 난 동사 활용부터 막히던데."

아카리는 티셔츠 내용에는 별로 신경 쓰지 않고 곧장 계단을 내려갔다. 미즈키는 바보에게 약이 없다는 말이 새겨진 티셔츠를 입은 아카리를 이해할 수 없었다.

'그래 뭐, 아무래도 상관없지.'

생각을 바꾼 미즈키는 아카리를 따라 계단을 내려갔다.

아무도 없는 식당에는 향긋한 차와 달콤한 빵 냄새가 가득했다.

창가의 긴 탁자에 음식이 늘어서 있었다. 갖가지 빵이 담긴 그릇, 다양한 과일이 놓인 접시, 샐러드가 든 볼, 시리얼, 요구르트, 여러 종류의 잼이 있었다. 그 옆으로 놓인 은색 보온 용기의 뚜껑을 열어 보니 안에는 베이컨과 소시지, 스크램블드에그가 따뜻하게 데워져 있었다.

"이건 완전 뷔페잖아!"

아카리는 소리쳐 말하고 접시에 음식을 담기 시작했다. 미즈키도 크루아상 하나와 스크램블드에그 한 주걱, 과일 몇 조각을 담아 식당 가운데 있는 식탁에 앉았다.

다들 아직 자는지 별장은 쥐 죽은 듯 고요했다. 요코 아주머니는 오전 9시부터 오후 5시까지 근무한다고 했으니까 아직 출근하지 않았을 것이다. 하지만 영양사도, 할머니도 보이지 않았다.

음식을 한가득 담은 아카리와 조금 담은 미즈키가 함께 아침을 먹기 시작했을 때, 식당에 있는 전화기에서 벨이 울렸다. 미즈키와 아카리는 별장 어딘가에서 누군가가 전화를 받을 거라 생각하며 서로를 마주 봤지만, 전화벨이 다섯 번이나 울리도록 벨 소리는 끊어지지 않았다. 아카리가 하는 수 없이 전화를 받으러 갔다.

"네, 여보세요."

아카리는 작은 목소리로 대답하고 고개를 끄덕이면서 상대방의 이야기를 듣더니 곧 전화를 끊었다.

"요코 아주머니였어."

자리로 돌아온 아카리가 말했다.

"호우 경보 때문에 별장 오는 길의 통행이 금지됐대. 그래서 오늘 못 온다고 하시네. 여기 오는 길은 비가 많이 오면 가끔 토사가 무너져서 길이 봉쇄되기도 한대."

그러고 보니 아까보다 빗발이 굵어졌다. 부슬부슬 내리던 빗줄기가 쏴쏴 강해졌다.

아카리는 건포도 빵에 버터를 바르면서 식당 입구 쪽을 힐끔 쳐다봤다.

"근데 왜 아무도 전화를 안 받지? 할머니 침실에는 전화가 없나? 아니면 전화가 온 줄 모를 정도로 깊이 잠든 걸까?"

그때 다시 전화벨이 울렸다. 미즈키가 아카리를 보자 건포도 빵을 입안 가득 문 아카리는 힘껏 고개를 저으며 자신은 전화를 받을 수 없다고 표현했다. 어쩔 수 없이 미즈키가 자리에서 일어났다. 미즈키는 냄새가 나지 않는 수화기 너머의 누군가와 이야기하는 게 불편했다.

"여보세요."

긴장하며 전화를 받자 의외의 목소리가 들려왔다.

"누구니?"

수화기 너머에서 할머니가 물었다.

"네? 아, 미즈키요."

"벌써 일어났니?"

"네. 지금 막 아침을 먹기 시작했어요."

미즈키는 대체 할머니는 어디에서 전화를 걸고 있을까 생각하며 조용한 목소리로 대답했다. 수화기 너머에서 말소리가 이어졌다.

"그래, 다행이구나. 오늘은 종일 별장에 머물 예정이었는데 어젯밤 변호사와 이야기를 나누다가 회사에 꼭 가 봐야 할 일이 생겨서…."

'아, 할머니는 오늘 아침 변호사의 차를 타고 나갔구나.'

미즈키는 생각했다.

"실은 아침 일찍 회사에 갔다가 점심 무렵에는 돌아갈 생각이었는데, 아무래도 예정대로 갈 수 없을 것 같아. 비가 와서 길이 막혔다는구나. 오늘 하루 종일 비가 온다고 해서 통행금지가 언제 풀릴지 모르겠어."

할머니는 요코 아주머니와 같은 말을 했다.

"어제 도착한 너희들만 남겨 두게 되어서 미안하구나. 점심 식사는 영양사가 준비해 줄 거야. 나한테 전화가 왔었다고 전해 줄래? 비 때문에 통행이 금지됐다고 말해 줘. 영양사 방에는 전화가 없거든. 휴대폰도 없으니까 잘 전해 주렴."

"저…."

미즈키가 머뭇거리며 물었다.

"그분이 어디 있는지 모르는데요."

수화기 너머의 상대방은 그제야 생각났다는 듯 말했다.

"아, 식사 준비 시간까지는 줄곧 자기 방에 틀어박혀서 나오지 않을 거야. 일하는 시간 외에는 다른 사람이 귀찮게 하는 걸 싫어하니까 점심때 말해 주면 될 것 같아."

할머니는 다시 연락하겠다며 전화를 끊었다.

"누구야?"

아카리가 오렌지주스가 담긴 컵을 한 손에 들고 물었다.

"츠다 할머니야."

자리로 돌아오면서 미즈키가 대답했다.

"아침에 변호사 차를 타고 나가셨대. 회사에 급한 일이 생겼나 봐. 점심 지나서 돌아오려고 했는데 통행금지라 늦어질 것 같다고. 또 연락하신대."

"뭐? 그럼 이 집에 우리랑 영양사만 있는 거야?"

아카리는 놀란 표정을 지었다. 미즈키는 어제 아주머니에게 들은 이야기를 떠올렸다.

"한 사람 더 있어. 관리인도 이 집에 살고 있다고 했어. 아직 한 번도 못 봤지만."

"다들 어디 숨어 있는 거지? 아무도 없는 것 같은데…."

주변을 둘러보는 아카리에게 미즈키가 말했다.

"영양사는 식사 준비할 때만 나오고 줄곧 자기 방에 틀어박혀서 나오지 않는대. 관리인도 아마 자기 방에 있겠지."

아카리가 오렌지주스를 단숨에 마시고는 미즈키 쪽으로 고개를 돌렸다.

"이건 기회야."

"기회라니?"

아카리한테서 희미하게 팝콘 냄새가 나는 것 같았다. 미즈키는 눈썹을 살짝 찡그렸다.

"이 집을 샅샅이 뒤져 볼 기회!"

"뒤지다니 뭘?"

아카리는 조심스레 물어보는 미즈키를 진지한 눈빛으로 바라봤다.

"뭐라니? 단서를 찾아야지. 할머니가 왜 우리를 키우고 싶어 하는지, 뭘 알고 있는지."

"뭘 알고 있는지?"

아카리는 숨죽여 말했다.

"할머니는 우리가 쌍둥이라는 걸 알고 찾은 거잖아. 그럼 그것 말고도 우리가 모르는 걸 더 알고 있지 않을까? 이를테면 14년 전 달빛 마을에서 무슨 일이 일어났는지, 우리가 그 절에 버려진 이유가 뭔지, 우릴 낳은 사람이 누군지."

미즈키는 무의식중에 숨을 멈췄다.

"우리 엄마를 안다는 말이야?"

"그럴지도 모른다는 거지."

미즈키는 몸에 오싹한 한기가 돌았다. 오늘 아침 발코니에서 목을 길게 빼 어슴푸레한 호수를 바라보던 자기 모습을 떠올리자 갑자기 무서워졌다.

'나는 호수를 보고 있었던 걸까? 아니면 그 호수 밑에 숨겨진 비밀을 들여다보려 했던 걸까?'

의문의 해답은 바로 코앞에 있을 것만 같았다. 마음을 집중해 바라보면 분명 그 진실이 드러날 것이다. 하지만 그 해답을 알게 되는 것이 좋은 일인지 나쁜 일인지 미즈키는 알 수 없었다.

아침 식사를 마쳤지만 아무도 나타나지 않았다. 미즈키와 아카리는 각자 사용한 그릇을 주방으로 가져가 정리했다.

둘은 함께 별장 탐험에 나섰다. 식당 옆방은 책으로 빼곡했다. 크기는 미즈키와 아카리의 방보다 약간 작았지만, 벽면을 가득 채운 서가에는 바닥부터 천장까지 책이 빈틈없이 들어차 있었다.

미즈키는 책 냄새가 좋았다. 종이와 잉크와 풀, 책을 이루는 갖가지 것들이 뒤섞인 냄새를 맡으면 마음이 평온해진다. 미즈키는 그 냄새가 책에 담긴 지식의 냄새라고 생각했다. 미즈키는 늘 지식의 냄새가 좋았다. 그리고 지식을 자기 안에 집어넣는 것이 좋았다.

'이 방에는 어떤 지식이 차곡차곡 쌓여 있을까.'

미즈키가 이끌리듯 서가에 줄지어 있는 책 제목을 들여다보고 있는데 옆에서 아카리가 지루하다는 듯 중얼거렸다.

"만화도 없고… 소설도 없네."

미즈키는 그 말에 다시금 방안의 책장을 둘러봤다.

"확실히 여기 있는 책들은 좀 특이해. 먼저 눈에 띄는 건 의학 분야 책이야. 주로 뇌 분야의 전문 서적 같아. 그리고 심리학 책이랑 민속학 책까지… 장르가 좀 뒤죽박죽이네."

미즈키는 엇갈리는 대화 속에서 아카리가 조용히 내쉰 한숨 소리를 눈치채지 못했다.

"가자."

미즈키는 아카리에게 이끌려 방에서 나왔다.

"책은 나중에 읽어. 우린 지금 수사 중이니까."

방을 나온 둘은 1층에서 지하로 내려가는 계단을 발견했다. 별장은 산비탈에 지어져 있어서 1층은 현관보다 몇 계단 낮은 곳에 있다. 둘이 발견한 계단은 1층 아래쪽으로 이어져 있었다.

아카리는 아무 소리도 나지 않는 계단을 내려다보며 소곤소곤 물었다.

"뭐가 있을까?"

미즈키도 아래쪽에서 감도는 냄새를 탐색하며 소곤소곤 대답했다.

"보일러실이나 창고가 아닐까? 하지만 영양사의 방도 이 아래에 있을지도 몰라. 1층과 2층에는 없었잖아."

둘은 영양사가 눈치채지 못하도록 지하로 이어지는 계단에서 살금살금 물러나 위로 올라갔다.

2층에 나란히 있는 손님방 세 개 중 변호사가 어젯밤 묵었던 방은 계단을 올라가서 가장 안쪽에 있는 방이다. 미즈키와 아카리는 먼저 그 방을 살펴보기로 했다. 손잡이를 돌려 보니 문은 잠겨 있지 않았다. 방 안은 마치 사람이 머물지 않았던 것처럼 깔끔하게 정돈되어 있어서 둘이 찾는 단서는 없을 것 같았다.

아카리가 손님방 맞은편에 있는 두 방 중 오른쪽 문을 가리키며 말했다.

"여기가 할머니 방이지?"

미즈키가 고개를 끄덕였다. 어제 몇 번이나 할머니가 이 방에 들어갔다 나오는 모습을 봤다. 지금도 할머니의 냄새가 짙게 풍긴다.

"그럼 이쪽은 누구 방이지?"

아카리가 왼쪽 문을 가리켰다. 미즈키는 말없이 고개를 살짝 기울였다.

이 두 방은 문 간격으로 봐서 미즈키와 아카리의 방보다 훨씬 넓을 것 같았다. 한쪽이 별장 주인의 방이라면, 다른 한쪽은 대체 누구의 방일까?

갑자기 아카리가 목소리를 낮췄다.

"이 집에 사는 사람이 한 명 더 있다고 했잖아. 혹시 그 사람 방 아니야?"

미즈키는 고개를 가로저었다.

"아무 소리가 나지 않아. 게다가 손님방보다 큰 방인걸?"

아카리가 안심한 듯 왼쪽 방 손잡이에 손을 뻗었다.

"잠겨 있어."

왼쪽 방은 잠겨 있었지만, 할머니의 방문은 잠겨 있지 않았다. 손잡이를 돌리자 스르 열린 문 앞에서 미즈키와 아카리는 서로를 마주 봤다. 아카리가 조심조심 1층의 상황을 살폈다. 아래층은 조용했다. 빗소리만 울리고 있었다. 살며시 문을 열고 아카리가 미끄러지듯 방으로 들어갔다. 미즈키도 두근거리는 가슴을 안고 아카리를 따라 들어갔다.

그곳에는 아무것도 없었다. 물론 아무것도 없다곤 해도 멋진 가구들은 채워져 있었다. 침대, 장식장, 책상, 소파, TV, 전등… 모든 것이 손님방보다 더 호화롭고 중후한 품격이 넘쳐흘렀다.

하지만 생활의 흔적이 전혀 느껴지지 않았다. 침대는 주름 하나 없는 퀼트 커버로 덮여 있고, 등나무 휴지통은 텅 비어 있었다. 책상 서랍은 열려 있었지만, 안에는 아무것도 들어 있지 않았다. 폭이 넓은 맨 위 서랍에는 새것으로 보이는 편지지만 있을 뿐이었다.

"마치 모델 하우스나 드라마 세트장 같아."

아카리가 말하자 미즈키도 고개를 끄덕였다.

"마치 우리가 올 줄 알고 누가 미리 깨끗하게 치워 놓은 것 같기도 하고."

연속해서 허탕을 친 둘은 실망한 표정으로 서로를 봤다. 아카리는 이대로 포기할 수 없다는 듯 방을 둘러보다가 문득 발코니를 보고는 눈빛을 반짝였다.

"저기로 옆방에 들어갈 수 있을지도 몰라. 문이 잠긴 옆방 말이야."

미즈키는 눈을 깜빡이며 아카리를 바라봤다.

'어젯밤 일을 벌써 잊은 걸까? 아니면 한 번 더 발코니에서 떨어져 시간 여행이라도 하고 싶은 걸까?'

어느 쪽이든 위험하고 어리석다고 생각했다.

"네 티셔츠에 새겨진 글을 떠올려 봐."

미즈키는 진지하게 말했다.

아카리는 자기 티셔츠의 문구가 생각났는지 한숨을 내쉬며 동의했다.

"알았어. 근데 발코니로 가지 않아도 방법은 있어."

"어떤 방법?"

미즈키가 불안해하며 되묻자 아카리는 히죽 웃었다.

"나한테 맡겨."

아카리에게서 팝콘 냄새가 났다. 미즈키는 그 냄새를 살짝 들이마시고는 가볍게 한숨을 내쉬었다.

할머니 방에서 나온 아카리는 미즈키에게 잠긴 방 앞에서 잠깐 기다리라고 말했다. 그리고 자기 방으로 뛰어가 짐 가방을 뒤적였다. 학교에서 받은 자료와 서류들을 그 가방에 넣어 뒀었다.

"어디 있지?"

가방에 넣어 둔 옷가지 아래에서 서류를 꺼낸 아카리는 만족스럽다는 듯 미소 지었다. 서류에서 클립을 빼 미즈키가 기다리는 문 앞으로 갔다.

"기다렸지?"

아카리는 소용돌이 모양으로 둥글게 말린 클립을 곧게 폈다. 미즈키가 미심쩍은 눈초리로 물었다.

"어쩌려고?"

"이걸로 열 수 있어."

아카리는 곧게 편 클립 끄트머리를 미세하게 구부리면서 대답했다.

"그걸로 열 수 있다고? 해 본 적 있어?"

"우리 절 신도 중에 혼자 사시는 할아버지가 있었는데, 종종 열쇠를 잃어버리고 절로 찾아오시곤 했어. 문을 열어 달라면서. 도와줄 사람이 없을 때는 내가 열어 드렸어. 이것도 요령이 필요해. 처음에는 잘 안 됐는데 몇 번 하다 보니까 방법을 터득했지 뭐야. 역시 뭐든 배워 두면 도움이 된다니까."

아카리는 이렇게 말하고 문 앞에 쪼그려 앉더니 손잡이 아래의 열쇠 구멍에 클립을 살살 집어넣고는 이리저리 움직여 열쇠 구멍을 더듬었다. 그러자 바로 '딸각!' 하는 가벼운 소리가 났다.

"열렸다!"

아카리가 두 팔을 살짝 들어 올리며 돌아보자, 미즈키가 비난하는 눈초리로 아카리를 쳐다봤다. 아카리는 입을 삐죽이며 눈을 흘겼다.

"다시 한번 말하지만 이 기술은 아까 말한 할아버지네 말고는 써 본 적이 없어. 그 집 말고는 오늘이 처음이라고. 그리고 이 문은 쉽게 열리는 유형이야. 그 할아버지네 집 현관

문하고 똑같다는 얘기지. 난 도둑처럼 이 집 저 집 문을 열고 돌아다니진 않았어. 그러니까 그런 눈으로 보지 말아 줄래?"

미즈키는 알겠다는 듯 어깨를 으쓱했다. 아카리가 열쇠 구멍에서 빼낸 클립을 주머니에 넣고 일어났다.

"자, 들어간다."

손잡이를 돌리자 문은 싱겁게 열렸다. 살짝 열린 문틈 사이로 아카리가 앞서고 미즈키가 뒤를 이었다.

방에 들어와 실내를 둘러본 순간, 아카리는 깜짝 놀라 그대로 멈춰 섰다. 미즈키도 이상하다는 듯 주변을 둘러봤다.

"이 방은 마치…."

미즈키가 말했다. 아카리는 고개를 끄덕이고는 미즈키의 말을 이어받았다.

"방금까지 누가 있었던 것 같아…."

그 방은 옆에 있던 할머니의 방과 전혀 달랐다. 할머니의 방이 호화롭지만 깔끔하게 정리되어 생활감이 전혀 없던 반면, 이 방은 물건들이 어지럽게 널려 있어 생활감이 고스란히 느껴졌다.

오른쪽 벽에는 바닥에서 천장까지 붙박이 책장이 들어차 있었다. 칸이 아무렇게나 나뉘어 있는 책장에는 책과 공책, 기념품으로 보이는 특이한 장식품, 서류들이 어지럽게 채워져 있고 가운데 책장의 넓은 칸은 오디오가 차지하고 있었다. 편안해 보이는 소파 등받이에는 벗어 놓은 옷이 걸려 있고, 소파 아래 카펫에는 동그랗게 만 양말 한 켤레가 떨어져 있었다.

좌우에 서랍이 있는 넓은 책상 위에도 물건이 너저분하게 널려 있었다. 산더미 같은 서류와 공책 등이 무너져 내려 펼쳐진 노트북 주변을 메우고 있었다. 서류 더미 위에는 도넛 가게 사은품으로 보이는 머그잔이 떡하니 올려져 있었다. 책상 오른쪽 위에서 두 번째 서랍은 서류를 너무 많이 넣어서 닫히지 않는지 반쯤 열려 있었다. 그 서랍에는 어째서인지 수건이 걸려 있었다.

마구 어지럽혀져 있는 모습에 놀란 아카리 옆에서 미즈키가 고개를 천천히 옆으로 저었다.

"아니야…. 그게 아니야. 방금까지 누가 있었던 게 아니라 타임캡슐 같아."

"타임캡슐?"

아카리가 혼란스러운 표정을 지었다. 미즈키는 잔뜩 어질러져 있는 책상으로 다가가 아카리를 돌아보며 말했다.

"잘 봐…."

책상 위쪽으로 몸을 구부린 미즈키가 '후'하고 바람을 불자 서류 더미에서 먼지가 확 피어올랐다.

"그게 왜?"

아카리가 묻자 미즈키는 답답하다는 투로 설명했다.

"이 방에는 오랫동안 아무도 들어오지 않았다는 거잖아. 방에 있는 물건에 아무도 손대지 않은 채로. 그래서 이렇게 여기저기 먼지가 쌓여 있는 거야. 머그잔도 마시다 남은 커피가 말라서 밑바닥에 검게 얼룩져 있잖아."

아카리는 다시 한번 낯선 풍경을 보듯 천천히 방을 둘러봤다. 그러고는 미즈키의 말을 정리하며 이해하려고 애썼다.

"그러니까 네 말은 이 방은 이렇게 어지럽혀진 채로 계속 방치돼 있었다는 거지? 아무도 치우지 않고, 손도 대지 않고, 그대로 문을 잠가 둔 채로 말이야. 타임캡슐처럼 그때 그대로."

미즈키가 고개를 끄덕였다.

"맞아. 먼지가 이렇게 많이 쌓이고 서류가 누렇게 바랜 걸 보면 적어도 몇 년간은 이 방에 아무도 들어오지 않은 거야."

다시 방을 둘러보던 미즈키의 시선이 소파 앞 탁자에 닿았다.

"신문이야."

아카리는 그 말에 응답하듯 탁자로 다가가 누렇게 바랜 신문에 손을 뻗었다. 신문을 집어 들자 수북이 쌓인 먼지가 날렸다. 낡은 신문은 바싹 말라서 미라가 되어 있었다. 아카리는 종이 미라가 부서지지 않게 살며시 잡고 1면에 적힌 날짜를 확인했다.

"2021년 9월 25일, 3년 전이잖아. 이건 3년 전 9월 신문이야."

아카리는 이렇게 말하고는 놀라서 미즈키 쪽으로 고개를 돌렸다.

"아! 3년 전에 무슨 일이 있었다고 하지 않았어? 요코 아주머니가 그런 말을 했다고 했잖아. 3년 전에 그런 일이 있고부터 할머니가 완전히 달라졌다고."

미즈키는 고개를 천천히 끄덕이고는 말했다.

"맞아. 3년 전에 어떤 일이 있었던 게 분명해. 아마 이 방이 3년 전부터 봉인된 것과 관계가 있겠지. 3년 전 9월, 이 방의 주인은 커피를 마시다 말고 나가서 돌아오지 않았어. 그리고 그대로 이 방은 잠긴 채 아무도 들어오지 않았어. 그때부터 이 방의 시간은 멈춘 거야."

"아, 저것 좀 봐."

이번에는 아카리가 미즈키에게 붙박이 책장 한 곳을 가리켰다.

"저기 할머니 사진이야. 젊은 남자랑 같이 찍었네."

책으로 빼곡한 책장 선반에 액자가 세워져 있었다.

검은색 짧은 머리의 청년은 윗단추가 풀린 헐렁한 셔츠

차림으로 활짝 웃고 있었다. '하하하' 하고 웃는 소리가 들리는 것 같았다. 청년의 왼쪽에 선 할머니도 웃고 있었다. 즐겁다는 듯, 행복하다는 듯, 그리고 청년이 사랑스러워서 어쩔 줄 모르겠다는 듯이 웃고 있었다.

"이렇게 웃을 수 있는 사람이었구나."

책장 앞으로 다가가 뚫어질 듯 사진을 보던 아카리는 살짝 충격을 받았는지 혼자 중얼거렸다. 항상 입술 끝을 일그러뜨리며 웃는 할머니 안에 숨어 있는 또 다른 인격을 보는 듯했다.

"사진은 참 잔혹해."

아카리 뒤에서 사진을 들여다보던 미즈키가 속삭였다.

"시간은 되돌릴 수 없다고 말하는 것 같아."

액자 속 사진은 탁자 위의 신문과 달리 여전히 선명했다. 신문과 사진을 번갈아 보니, 현재와 과거의 대비가 더욱 또렷하게 와닿았다. 그것은 잔혹할 만큼 선명했다.

그때 아카리 뒤에서 미즈키가 꿀꺽 침을 삼키는 소리가 들렸다.

"왜 그래?"

미즈키는 뒤돌아보는 아카리의 옆을 지나 재빨리 책장 앞으로 다가갔다. 액자 위쪽 칸으로 손을 뻗은 미즈키는 파란색 표지의 파일을 빼냈다. 미즈키가 손바닥으로 파일의 먼지를 털자, 표지에 손 글씨로 적힌 제목이 아카리의 눈에도 들어왔다.

달빛 마을 ①

"달빛 마을? 달빛 마을이라면 호수 밑에?"

아카리는 책장을 올려다봤다. 미즈키가 파일을 빼낸 자리 옆에는 달빛 마을이라고 적힌 파일이 다섯 개나 더 꽂혀 있었다. 미즈키는 이미 첫 번째 파일을 펼쳐 정신없이 읽고 있었다. 아카리는 망설이다가 조심스럽게 손을 뻗어 『달빛 마을 ②』라고 쓰여 있는 분홍색 파일을 빼 들었다.

표지를 펼치자 숨이 턱 막히는 것 같았다. 컴퓨터로 친 듯한 작은 글자가 종이를 가득 메우고 있고 그런 종이가 파일에 몇십 장이나 꽂혀 있었다.

아카리는 읽을 마음이 나지 않는지 파일을 팔랑팔랑 넘겨봤다. 중간중간 어디서 복사한 걸로 보이는 사진과 자료도 끼어 있었다.

"아, 여기 우리가 본 절이야."

아카리는 한 사진을 보고 중얼거렸다. 시간과 공간을 뛰어넘어 어젯밤에 보았던 절이 찍혀 있었다. 입구 너머로 디딤돌이 깔린 길도 보였다. 거기부터 절의 사진이 몇 장 더 이어졌다. 누가 촬영했는지 모르겠지만 건물과 경내의 모습이 여러 각도로 찍혀 있었다. 늑대 석상 사진도 있었다. 절 앞쪽과 본당 안쪽을 확대해서 찍은 사진, 소원 나무판을 걸어 두는 곳, 사무실 안내 창구⋯ 어젯밤에 영양사가 바구니를 놓아둔 사무실 앞을 찍은 사진도 있었다.

아카리는 바구니에서 들려온 아기의 울음소리와 어두운 경내에서 덩그러니 빛을 밝히던 외등의 부드러운 빛을 떠올리며 그 사진을 뚫어지게 봤다.

"어?"

사진을 보던 아카리는 생각지도 못한 걸 발견하고는 눈을 동그랗게 떴다. 어젯밤에는 보지 못했지만, 입구 옆에 문패가 걸려 있었다. 길쭉한 오동나무 문패에 검은색으로 새겨진 이름을 보며, 아카리는 자기도 모르게 외쳤다.

"거짓말!"

문패에는 '사토 히로시'라고 적혀 있었다. 아마도 절을 관리하는 사람의 이름일 것이다.

"미즈키!"

파일을 읽고 있던 미즈키는 아카리가 불러도 아무 반응이 없었다.

"미즈키! 이것 좀 봐!"

아카리는 미즈키가 읽고 있던 파일 위로 자기가 켠 파일을 쑥 내밀었다.

"뭔데?"

미즈키는 방금 꿈에서 깨어난 듯한 표정으로 아카리를 봤다. 아카리는 한 번 더 파일을 미즈키 앞에 들이밀었다.

"이 사진 좀 봐. 위에서 두 번째 오른쪽 사진! 알겠어? 그 사무실이야. 바구니가 놓여 있던."

미즈키는 그제야 아카리가 내민 파일의 사진으로 시선을 돌렸다.

"그러네. 다른 사진도 다 늑대의 절이잖아."

"아니 그거 말고, 사무실 문 앞에 명패 보이지? 이름 좀 읽어 봐."

"아!"

미즈키도 곧바로 작은 목소리로 외쳤다.

"사토?"

미즈키는 휘둥그레진 눈으로 아카리를 보고는 다시 사진을 뚫어져라 쳐다봤다.

"사진에 설명이 달려 있어. 읽었어?"

"아니."

아카리가 고개를 저었다. 미즈키는 사진 아래 설명을 읽기 시작했다.

"달빛 마을에서는 대대로 달의 신과 늑대의 신을 모신다.

신을 모시는 신관은 사토 집안에서 세습한다. 또한 달빛 마을의 수장은 안도 집안에서 세습한다. 사토와 안도, 이 두 집안이 달빛 마을이라는 공동체의 중심적 존재였던 것은 틀림없다."

아카리와 미즈키는 다시금 얼굴을 마주 봤다.

"어떻게 생각해?"

아카리는 미즈키에게 물었다.

"할머니 곁에서 오랫동안 일한 변호사 이름이 사토 히로무라는 게 우연일까?"

미즈키가 곧바로 대답했다.

"아니. 게다가 여기서 일하는 영양사도 달빛 마을에서 본 사람이잖아. 그럼 고문 변호사인 사토 씨가 달빛 마을의 신관과 성이 같은 것도 우연일 리 없어."

"하지만 어째서 이 방에 달빛 마을에 관한 파일이 이렇게 많은 거지?"

아카리는 이상하다는 눈으로 파일이 꽂혀 있는 책장을 올려다봤다.

"분명 이 방은 손자의 방일 거야. 밖에서는 몰랐지만 이 방에는 할머니와 비슷한 냄새가 남아 있어."

"할머니한테 손자가 있었어?"

되묻는 아카리를 향해 미즈키가 고개를 끄덕였다.

"아, 그 이야기도 어제 요코 아주머니가 말해 줬어. 아주머니가 달빛 마을에 관한 이야기를 하면서 할머니도 그런 얘기를 손자한테 들었다고 했어. 손자는 대학에서 민속학을 공부했는데, 대학원 석사 논문 주제로 〈마을 사회의 환상과 심리〉를 고른 것 같아. 첫 번째 파일에 그렇게 적혀 있어."

"마을 사회의 환상과 심리라니? 그게 무슨 말이야?"

아카리가 고개를 갸웃거리자 미즈키가 이어서 말했다.

"마을이라는 폐쇄된 공동체에 전승되어 온 독특한 풍습이나 민간 신앙의 배경을 심리학적 관점에서 검증한다는 거야."

아카리는 불만스럽다는 듯 미즈키를 째려봤다.

"그거 나한테 설명해 주는 거야? 아니면 날 혼란스럽게 하려는 거야? 좀 더 알기 쉽게 말해 줄래? 뭔 말인지 전혀 모르겠는데."

미즈키는 영문을 모르겠다는 듯 아카리를 바라봤다.

"뭐? 이 이상 어떻게 쉽게 설명하라는 거야?"

아카리는 크게 한숨을 내쉬었다.

"됐어. 설명 안 해 줘도 괜찮아. 손자의 논문 주제 같은 건 나랑 상관없으니까. 한 번 더 묻겠는데, 어째서 이 방에 달빛 마을에 관한 자료가 있는 거야?"

"손자가 논문을 쓰기 위한 마을의 예시로 달빛 마을을 조사한 것 같아. 자료들의 날짜를 보면 손자가 달빛 마을을 조사하기 시작한 건 마을이 댐 밑에 가라앉은 뒤였어. 가라앉고 10년 후쯤. 그래도 찾아보니 달빛 마을의 자료가 많이 남아 있었나 봐. 댐을 만들 때는 사라질 마을의 기록을 남겨 두기 마련이니까. 그런 정보를 바탕으로 논문을 쓰려고 했겠지. 마을과 함께 물밑에 잠겨 버린, 독특한 풍습이나 신앙을 다시 한번 조명해서 마을이라는 작은 공동체에서 살아간 사람들의 심리를 밝혀내려고 한 거야. 재미있는 주제지 않아?"

아카리는 다시 한번 한숨을 내쉬었다.

"두 번째 파일에는 어떤 자료가 있었어?"

미즈키의 갑작스러운 질문에 아카리는 속으로 뜨끔했다.

"어? 글은 안 읽었어."

이번에는 미즈키가 한숨을 푹 내쉬었다.

"여태 사진만 본 거야?"

아카리는 입을 내밀고 반론했다.

"그 덕에 중요한 걸 발견했잖아. 신관 이름이 '사토 히로시'라는 거!"

미즈키는 아카리의 말을 무시하고 첫 번째 파일을 덮어 책장에 돌려놨다. 그리고 아카리의 손에서 두 번째 파일을 받아 들었다.

"그 파일 벌써 다 읽었어?"

미즈키는 깜짝 놀라 묻는 아카리의 얼굴을 힐끗 봤다.

"난 빨리 읽으니까…."

미즈키는 이렇게 말하고 옷이 걸려 있지 않은 쪽 소파에 앉았다. 그러고는 순식간에 두 번째 파일을 읽어 내려갔다.

따분해진 아카리는 방 안 이곳저곳을 둘러봤지만 달리 할 게 없어서 다시 파일에 손을 뻗었다. 미즈키가 엄청난 속도로 두 번째 파일을 읽는 듯해서 아카리는 방해가 되지 않게 마지막 여섯 번째 파일을 책장에서 꺼냈다.

팔랑팔랑 종이를 넘기던 아카리는 다시금 읽는 데 흥미를 잃었다. 마지막 파일은 나머지 파일 다섯 개의 찾아보기와 참고 문헌 목록, 취재일과 취재 장소 등을 정리한 자료들이었다. 아카리가 파일을 책장에 다시 꽂아 놓으려던 바로 그때였다.

따르릉 따르릉.

어디선가 크고 날카로운 전화벨 소리가 울렸다. 아주 가까운 곳, 바로 이 방에서.

아카리는 순간 놀라서 파일을 바닥에 떨어트리고는 두리번두리번하며 방 안을 구석구석 살폈다. 미즈키도 소파에서 일어났다.

전화벨이 계속 울렸다. 세 번째 벨 소리가 심장에 날카롭게 박혔다.

"저기다!"

아카리는 겨우 소리가 나는 곳을 찾고는, 책상 앞으로 갔다. 쌓여 있는 서류 아래 어딘가에서 네 번째 벨이 울렸다.

아카리는 서류 더미가 무너지는 것도 상관하지 않고 책상 위를 더듬어 겨우 찾아낸 전화기의 수화기를 낚아채듯 잡아들었다.

"네, 여보세요."

숨을 몰아쉬며 말했다.

"누구니?"

할머니의 목소리다.

"아… 아카리요."

"괜찮아? 숨이 찬 것 같은데, 어디에서 전화를 받는 거니?"

두근거리는 심장이 입으로 튀어나올 것만 같았다.

"그게… 방… 제 방이요. 지금 막 아래층에서 왔거든요. 계단을 뛰어 올라왔어요."

너무 뻔한 변명에 식은땀이 났다.

"그래. 서두르게 해서 미안하구나. 통행금지가 해제됐어."

"아… 그래요?"

놀라서 발코니 쪽을 보니 비가 그쳤다. 어느새 구름 사이로 햇살이 가늘게 비치고 있었다.

"다시 비가 내리면 큰일이니까 서둘러서 돌아갈게. 아마 그때까지는 괜찮을 거야."

"네, 알겠어요. 그런데 돌아오시는 데 얼마나 걸리죠?"

"글쎄, 길이 막히지 않으면 한 시간 정도."

"아, 네. 그럼 조심히 오세요."

아카리는 '마지막 질문은 하지 말걸.' 하고 생각하면서 수화기를 내려놨다.

돌아보니 미즈키가 파일로 향했던 고개를 들어 궁금해하는 얼굴로 아카리를 보고 있었다.

"통행금지가 풀려서 한 시간 뒤면 도착하신대."

"알았어. 30분이면 파일을 다 읽을 수 있을 거야."

"그래? 잘됐네."

아카리는 이렇게 말하며 미즈키를 힐끗 봤다. 미즈키는 이미 파일을 읽고 있었다.

'역시 나까지 읽을 건 없나.'

아카리는 자기가 떨어트린 파일을 내려다봤다. 책장에 돌려놓으려고 파일을 주우려다 손을 멈췄다.

바닥에 떨어지면서 파일이 펼쳐져 있었다. 자료의 마지막 항목이 눈에 들어왔다.

〈2010년도 달빛 마을 주민 명부 총 38호, 78명〉

흥미가 생긴 아카리는 파일을 집어 들어 명부를 확인했

다. 명부에는 달빛 마을 전 세대의 기록이 실려 있었다. 세대주와 가족의 이름, 성별, 나이, 직업. 그 외에 현재 연락처와 기타 사항이 쓰여 있기도 했다. 사토 집안의 세대도 실려 있었다. 마을 수장인 '안도 세이치'라는 사람도 동쪽 지구에 살았던 듯했다.

"여기 달빛 마을의 주민 명부가 있어."

미즈키는 파일을 읽느라 돌아보지 않았다. 아카리는 잠시 망설이다가 결국 파일에서 다섯 장의 명부를 빼냈다.

"내가 명부를 가지고 있을게. 천천히 조사해 보는 게 좋을 것 같아."

그 명부에는 아카리와 미즈키의 부모님 이름이 실려 있을지도 모른다. 아니 분명 실려 있을 것이다. 아카리는 그렇게 생각했다.

필요한 자료를 챙긴 아카리는 여섯 번째 파일을 책장에 돌려놨다. 그러다 책장에 세워져 있는 사진 속의 청년과 눈이 마주쳤다.

이 사람은 츠다 할머니의 손자다. 손자는 기쁜 듯이 액자 속에서 아카리를 바라봤다. 그 환한 얼굴에는 어떠한 걱정도, 어떠한 불안의 그림자도 느껴지지 않았다.

대체 3년 전에 무슨 일이 있었던 걸까? 아카리는 사진 속 청년에게 마음속으로 물었다.

'어째서 당신은 커피를 마시다 말고 나가서 돌아오지 않은 거죠? 무엇이 할머니에게서 진짜 웃음을 빼앗아 갔나요?'

"아카리, 빨리!"

미즈키가 재촉했다.

"잠깐만 조용히 좀 해. 잠긴 문을 연 적은 있어도 잠근 적은 없으니까 나도 어쩔 수 없다고!"

아카리는 클립으로 연 문 앞에 쪼그려 앉아 다시 방문을 잠그려 애쓰고 있었다.

조금 전 숲길을 달려오는 자동차 소리를 들은 둘은 황급히 모든 파일을 책장에 꽂아 두고 책상 위의 전화를 원래대로 서류 더미 속에 파묻은 뒤 허겁지겁 복도로 나왔다.

"잠글 수 없는데 왜 열었어?"

미즈키가 아카리를 나무라듯 말했다.

"그런 말은 방문을 열기 전에 했어야지. 그보다 이렇게 늦게까지 파일을 읽은 건 너잖아."

아카리가 되받아쳤다.

"그건 네가 할머니가 한 시간 후에 돌아올 거라고 말했으니까 그렇지."

"그렇게 말한 건 내가 아니라 할머니잖아. 전화로 한 시간쯤 걸린다고 했어. 넌 30분이면 파일을 다 읽을 수 있다고 했고. 그런데 벌써 48분이나 지났거든."

"그거야…."

미즈키가 말을 꺼냈을 때였다.

"잠겼어!"

아카리가 외쳤다.

둘은 재빨리 뒤로 물러나 1층으로 내려가는 계단 위에 섰다. 거의 동시에 현관문이 열리고 할머니가 들어왔다. 변호사도 함께였다. 이야기를 주고받으며 현관으로 들어온 두 사람이 무심코 위를 올려다봤다. 미즈키와 아카리는 어색하게 고개를 꾸벅 숙였다.

"오셨어요?"

아카리가 부자연스럽게 말했다.

"그래, 잘 있었니?"

할머니는 이렇게 말하고는 희미한 의혹의 눈빛으로 둘을

바라봤다.

"둘이 같이 우리를 마중 나온 거니?"

"아, 네. 오시는 길 괜찮았나… 걱정돼서요."

말없이 서 있는 미즈키 옆에서 아카리가 술술 대답했다.

"비가 다시 내리더라고요."

"그랬구나. 고마워. 다행히 괜찮았어. 근데 이래서는 다시 통행금지가 될 것 같구나. 서둘러 오길 잘했네. 영양사한테 점심을 2인분 추가해 달라고 해야겠다."

"죄송합니다. 결국 저까지 또 신세를 지게 됐군요."

변호사가 말했다. 미즈키는 언제나 의미를 알 수 없는 미소를 띤 변호사를 계단 위에 서서 지켜봤다. 이 사람은 분명 신관과 관련 있는 사람일 것이다.

"아니에요. 오히려 내가 신세를 졌죠. 택시는 다시 통행금지가 될 수도 있다며 중간까지만 가겠다고 해서 별장까지 어떻게 가야 할지 걱정하던 참이었으니까. 게다가 이사회 전에 함께 처리해야 할 일들을 좀 더 정리할 수 있겠어요."

할머니와 변호사는 또다시 일 이야기를 하며 식당 쪽으로 갔다.

"들키지 않았을까?"

아카리가 속삭였다.

"아마도."

미즈키는 살며시 고개를 끄덕였다. 아마 모를 거라고 속으로 되뇌었다. 만약 알았다면 할머니의 감정을 나타내는 냄새에 뭔가 변화가 있었을 테니까. 변호사는 알 수 없지만 적어도 할머니는 눈치채지 못한 것 같았다.

그날부터 사흘 동안 비는 잠시도 멈추지 않고 부슬부슬 계속해서 내렸다. 미즈키와 아카리는 조금씩 수위가 높아지는 호수를 발코니 너머로 바라보며 시간을 보냈다.
"아쉽구나. 여기 오자마자 계속 비만 내리네. 날씨가 좋으면 산책이라도 하러 나갈 텐데."
할머니는 미안한 듯 말했지만 형식적이었다. 그다지 미즈키와 아카리에게 마음을 쓰는 것 같지는 않았다. 하루 대부분을 자기 방에 틀어박혀 지냈고 가끔 방에서 나와도 변호사와 일 이야기만 했다. 미즈키와 아카리가 할머니와 마주하는 건 식사할 때뿐이었다.
미즈키는 별장에서 일하는 관리인을 사흘 동안 딱 한 번 봤다. 식당 밖 빗물받이가 막혀 관리인이 발코니로 나가 청소할 때였다. 관리인은 키가 작은 데 비해 덩치는 조금 있는 남자였다. 낭떠러지 끝에 있는 별장의 식당 발코니에 접이식 사다리를 세워 놓고 그 위로 가볍게 올라가 빗물받이를 막은 낙엽을 능숙하게 빼냈다. 관리인을 본 것은 그때뿐이었다. 대체 어디에서 지내는지 그 후로는 별장 주변에서도 보지 못했다.

"이곳 사람들은 마치 우리를 피하는 것 같아."

미즈키도 그렇게 느꼈다. 하지만 그들은 둘을 피하면서도 어디에선가 지켜보고 있는 것만 같았다.

변호사는 이따금 식탁 한쪽에 앉아 조용히 미소 지으며 미즈키와 아카리를 바라봤다. 영양사가 초조한 듯한 눈빛으로 자신들을 훔쳐보는 것도 알고 있었다.

미즈키는 비에 갇힌 사흘 대부분을 아카리의 방에서 지냈다. 둘은 미즈키가 읽은 파일의 내용에 관해 이야기하고 아카리가 빼내 온 주민 명부를 조사했다.

"파일에는 달빛 마을에 전해 내려오는 전승 문학이나 연중행사, 마을 사람들의 일상생활에 보이는 세시 풍속이 정리되어 있었어."

미즈키는 다섯 번째 파일 내용을 간추려 아카리에게 설명해 주었다.

"할머니의 손자는 달빛 마을에 살던 주민들을 찾아가 인터뷰했어. 그리고 주민 센터에 남은 자료 중에서 민속학적인 의미가 있는 것들을 모아서 달빛 마을의 사례를 주변 마을과 도시, 전국적인 사례와 비교했어. 달빛 마을에만 보이는 민속학적 독자성이나 특이성을 찾아보려고 했던 거야."

미즈키는 멍한 눈으로 듣고 있는 아카리를 보고는 의심의 눈초리로 물었다.

"잘 듣고 있는 거야?"

아카리는 일단 입을 다물었다가 바로 대꾸했다.

"아니, 네 말을 듣고 있으면 어려운 수업을 듣는 것 같단 말이야. 더 간단히 설명해 줄 순 없어? 구체적으로 알기 쉽게, 별로 상관없는 부분은 빼고 중요한 내용만 요약해서."

"알았어."

미즈키는 한숨을 내쉬며 고개를 끄덕이고는 요약해서 설명해 주었다.

"달빛 마을에만 남아 있던 독특한 것들이 있어. 이를테면 늑대에 관한 전설이 특이할 정도로 많다는 거야. 또 그게 마을 생활과도 깊은 관련이 있었고."

자료 중에 가장 특이한 건 '구원자'와 '수호자'에 관한 기록이었다. 달빛 마을에서는 대대로 마을의 수장을 맡아 온 안도 집안을 구원자, 대대로 신관을 맡아 온 사토 집안을 수호자라 불러왔는데 그 명칭도 늑대의 전설에서 유래한 것이었다.

안도 가문은 오랜 옛날, 목에 뼈가 걸려 고통스러워하던 늑대를 살려 준 보답으로 복을 받은 일족으로 구원자라 불렀다. 사토 집안은 강에 빠져 죽은 이 집안의 아들을 늑대가 살려 주면서 대대로 늑대를 지키는 가둔이 되었다. 그래서 이들을 수호자라고 불렀다.

달빛 마을에서는 늑대신의 힘이 절대적이라고 믿었다. 마을 사람들은 문제가 생기면 이 힘에 기대려 했다. 분실물 같은 작은 것에서부터 이웃과의 다툼, 연애, 성취 같은 것까지 무엇이든 늑대신에게 소원을 빌었던 듯하다.

"그만큼 늑대신의 힘이 영험하다고 믿었대. 물론 더 큰 기원을 위한 제례도 있었고."

미즈키가 말했다.

"비가 내리기를 기원하는 기우제나 날이 개기를 비는 기청제, 혼을 불러 죽은 이를 소생시키는 초혼제 같은 큰 소원을 비는 정식 제례는 산속에 있는 작은 사당에서 은밀히 거행했대. 그때는 '신관'과 '입회인', 신의 신탁을 전할 '무녀', 경계를 서는 '파수꾼'까지. 이렇게 넷이 출석해야 한다고 쓰여 있어. 입회인은 마을 수장인 안도 집안의 사람을 말하고."

아카리는 눈을 가늘게 뜨고 미즈키를 봤다.

"근데 넌 한 번 읽으면 다 외우니?"

미즈키는 고개를 끄덕이며 의아하다는 듯 아카리에게 되물었다.

"넌 안 그래?"

"당연히 아니지. 그건 뭐 됐어. 아무리 쌍둥이라도 다 똑같을 수는 없을 테니까."

미즈키는 아카리의 말에는 대꾸하지 않고 아까 하던 말을 계속했다.

"신에게 소원을 빌 때는 소원마다 기원하는 사람이 제물을 바치게 되어 있었나 봐. 교환 조건인 거지. 소원을 들어주면 무언가를 바치겠다고 신과 거래하는 거야. 흔한 풍습이지만 달빛 마을의 제례는 제물을 미리 정해 놓지 않았다는 점이 다르대. 소원의 크기나 그때그때 상황에 따라 소원을 비는 사람이 제물을 스스로 정했다고 쓰여 있었어."

"뭐든 상관없어?"

아카리가 놀랍다는 듯 말했다.

"그런가 봐. 볏단 열 묶음이나 햅쌀 한 되를 바치기도 하고 '돌아가신 할머니가 몰래 감춰 둔 돈을 찾아 주시면 나온 돈의 1할을 드리겠습니다.'라고 비는 경우도 있었대. 달빛 마을에는 전부터 내려오는 '제례 비망록'이라는 장부가 있는데 누가, 언제, 어떤 소원을 빌고, 그때 어떤 제물을 바친다고 했는지, 결과는 어떠했는지를 다 기록해 두었대."

"오, 다 이루어 주는 신이었나 보네."

둘은 주민 명부도 차근차근 살펴봤다. 수몰된 마지막 해 달빛 마을의 세대 수는 38호, 주민은 78명이었다. 한때는 500명에 이르던 주민 수도 그 무렵에는 이미 쇠락의 물결에 휩

쏠렸던 모양이다.

미즈키와 아카리는 분명 그 78명의 주민 중에 자신들의 부모가 있을 것으로 생각했지만, 명부에 단서는 없었다. 14년 전 4월에 출산했을 법한 사람도, 달빛 마을에 쌍둥이 여자아이가 태어났다는 기록도 남아 있지 않았다.

하지만 몇 가지 알아낸 사실도 있다.

하나는 변호사에 관한 것이다. 달빛 마을의 마지막 신관 이름은 사토 히로시, 14년 전 달빛 마을이 수몰되던 해에는 80세로 이 신관에게는 사토 히로무라는 51세의 아들이 있었다. 비고란에는 히로무가 당시, 신관의 일을 도우면서 변호사로 법률 사무소에서 일했다고 적혀 있었다.

"분명 이 사람이 할머니의 변호사일 거야."

아카리가 말했다.

"14년 전에 51세라면 지금은 65세니까 나이도 얼추 맞네. 달빛 마을은 인구가 줄어서 신관의 뒤를 이을 아들이 다른 일을 한다고 해도 이상하지 않겠어."

또 다른 발견은 영양사에 관한 것이다. 영양사인 쿠도 치에는 14년 전에는 상주 간호사로 사토 집안에 고용되어 일했다. 영양사는 당시 35세였다. 비고란에는 간호사와 영양사 자격증이 있다고 기록되어 있었다.

사토 집안에는 당시 80세인 신관과 75세의 부인 외에 102

세인 신관의 어머니가 살고 있었다. 영양사는 그 집에 함께 살며 주로 102세인 할머니의 식사와 건강 관리를 맡았던 것 같다.

미즈키가 의아하다는 듯 눈썹을 모았다.

"왜 굳이 이곳에서 일했던 걸까? 간호사랑 영양사 자격증이 있으면 일할 곳은 얼마든지 있었을 거야. 더 좋은 대우를 받으며 일할 수 있었을 텐데."

"달빛 마을 출신이 아닐까? 고향에서 일하는 게 좋았을지도 모르잖아."

하지만 주민 명부에 영양사와 같은 성을 쓰는 집은 한 곳도 없었다. 마을에 영양사의 본가가 있었던 것 같지는 않았다.

또 다른 의문에 부딪힌 둘은 한숨을 내쉬었다.

세 번째 발견은 둘을 놀라게 했다. 78명의 명부 속에서 또 다른 의외의 이름을 발견한 것이다.

무토 쇼타 46세, 직업은 고소 작업자, 지역 수렵 동호회 소속.

"여기 이 사람 말이야. 별장에 있는 관리인이랑 다른 사람일까?"

아카리의 질문에 미즈키는 고개를 가로저었다.

"아니, 요코 아주머니가 관리인을 무토 씨라고 불렀어. 게다가 사냥꾼이었다고 했는데, 이 사람도 수렵 동호회 회원이잖아. 틀림없이 같은 사람일 거야. 근데 고소 작업자가 뭐지?"

"고소 작업자는 일반 정원사는 자를 수 없는 높은 데 있는 나뭇가지를 자르는 사람이야. 우리 절에도 아주 큰 상수리나무랑 녹나무가 있었는데, 몇 년에 한 번씩 고소 작업자한테 관리를 부탁하곤 했어."

"아!"

미즈키가 감탄하자, 아카리는 희미하게 팝콘 냄새를 풍기며 득의양양하게 웃었다.

달빛 마을의 주민 명부는 미즈키와 아카리의 출생의 비밀을 밝혀 주지는 않았지만 중요한 걸 알려 주었다.

"어쩐지 좀 이상해."

아카리가 말했다.

"이 별장에 달빛 마을 출신이 셋이나 있다는 거잖아."

미즈키가 말했다.

"아니, 만약 우리도 그 마을에서 태어났다면 다섯이야."

"음, 그러네."

아카리가 미즈키의 말에 수긍하며 생각에 잠겼다.

"할머니와 출퇴근하는 요코 아주머니를 제외하면 모두 달빛 마을 출신이네."

미즈키가 고개를 끄덕였다.

"이게 우연일 리 없어. 분명 할머니가 일부러 사람들을 모은 거야. 그 사람이 이곳에 달빛 마을 사람들을 모으고 있어. 우리를 데려다 키우고 싶다는 것도 그 때문일 거야. 뭔가 목적이 있는 거지."

하지만 아무리 명부를 뚫어져라 쳐다봐도 그 이상의 답은 나올 것 같지 않았다.

미즈키가 펼쳐 놓았던 다섯 장의 주민 명부를 정리하려는데, 우연히 달빛 마을의 마지막 수장이었던 안도 일가의 이름에 시선이 멈췄다.

마을 수장은 47세, 부인은 42세. 이들에게는 자녀가 둘 있었다. 첫째 딸 사야카 18세, 둘째 아들 게이치 6세. 하지만 안타깝게도 둘은 마을이 댐 건설로 물밑에 가라앉은 해에 연이어 죽었다. 여섯 살인 게이치는 그해 1월 24일에 교통사고로, 열여덟 살인 사야카는 같은 해 4월 지병으로 사망했다고 적혀 있었다.

"이것 좀 봐. 아카리. 이 사람이 마을 수장의 딸…."

미즈키가 가리키는 비고란을 아카리가 들여다봤다.

"열여덟 살에 죽은 거야? 지병으로? 안됐다."

"사망한 날짜를 봐."

미즈키의 말에 아카리는 놀라 입을 다물지 못했다.

"2010년 4월 13일, 병사. 4월 13일? 4월 13일이면 14년 전이잖아. 우리가 태어나기 하루 전!"

미즈키와 아카리에게 생일은 자신들이 발견된 날을 말한다. 둘이 발견되기 전날, 마을 수장의 딸은 열여덟의 나이로 생을 마감한 것이다. 그것이 무얼 의미하는지 알 수 없는 두 사람은 그저 묵묵히 명부를 바라볼 수밖에 없었다.

"마을 수장도, 부인도 마을이 호수에 잠긴 이듬해와 그 이듬해에 연이어 세상을 떠났어."

미즈키는 명부에 쓰여 있는 안타까운 일가의 이름을 물끄러미 바라봤다.

"이제 아무도 남아 있지 않다는 거네."

아카리가 말했다.

"늑대를 구해 줘서 번성했던 구원자 집안 사람은 이제 아무도 없다는 거지? 달빛 마을과 함께 사라진 거야."

미즈키와 아카리는 누가 먼저랄 것도 없이 발코니 너머로 시선을 돌렸다. 비가 하얀 베일처럼 골짜기를 감쌌다. 호수는 숨죽인 듯 고요했다.

"사당에 가 보자."

비가 갠 아침, 아카리는 미즈키에게 말했다. 아침을 먹은 후 할머니는 사흘 만에 변호사의 차로 회사에 간다고 했다. 이제 통행금지는 해제되었다.

요코 아주머니도 별장에 왔다.

"계속 비가 내려서 심심했겠다. 난 생각지도 않게 사흘이나 쉬어서 좋았지만."

아주머니는 느릿한 말투로 말하고는 피식 웃었다.

"저기… 산속에 있다는 사당에 가 보고 싶은데요. 미즈키랑 둘이서요."

아카리의 말에 아주머니는 싱긋 웃으며 말했다.

"그래? 둘이 아주 친해졌구나. 역시 동갑이고 같은 여자 애들이라 그런가?"

아주머니는 곧바로 친절하게 사당까지 가는 길을 알려 주었다. 게다가 시원한 차를 담은 물통과 과자까지 챙겨 주었다.

"여기 주차장으로 이어져 있는 길 말고 숲속으로 난 길이 하나 있어. 보면 바로 알 거야. 그 길을 따라 걸어가면 아주 긴 돌계단이 나오는데 사당은 돌계단 꼭대기에 있어. 돌계단은 올라가기 힘들 수도 있으니까 쉬엄쉬엄 올라가렴. 비가 와서 미끄러울 테니까 조심하고. 30분쯤 가면 사당에 도착할 거야."

감사 인사를 하고 미즈키와 길을 나서려던 아카리는 갑자기 생각났다는 듯 현관 앞에서 배웅하고 있는 아주머니를 돌아봤다.

"저 하나만 여쭤볼게요."

"응?"

아주머니가 고개를 살짝 갸웃거렸다. 아카리는 망설임을 뒤로하고 물었다.

"계속 신경이 쓰여서요. 전에 얼핏 말씀하셨죠? 3년 전 이곳에서 어떤 일이 있었다고요. 대체 그게 무슨 일이에요?"

아주머니의 얼굴에서 미소가 사라지고 당혹감이 떠올랐

다. 미즈키도 놀란 듯이 돌아봤다.

"어머, 내가 무슨 말을 했던가?"

사실 아주머니가 '3년 전에 그런 일이 있고부터….'라고 말한 사람은 아카리가 아니라 미즈키였다. 하지만 아카리는 '뭐 괜찮겠지. 아마 아주머니도 정확히 기억하지 못할 거야. 이것저것 떠들다 무심코 한 말이니까.'라고 생각했다.

아카리는 말을 더듬는 아주머니를 압박했다.

"3년 전에 그런 일이 있고부터 할머니가 달라지셨다고 말씀하셨어요. 무슨 일이 있었던 거죠?"

"어? 내가 그런 말을 했었나?"

아주머니는 난처한지 도망칠 구멍을 찾아 눈을 이리저리 굴렸다.

그때 미즈키가 작은 목소리로 말했다.

"할머니는 전혀 웃질 않으세요…."

이 말에 아카리도 아주머니도 미즈키에게 시선을 돌렸다. 미즈키는 고개를 숙인 채 다시 한번 속삭이듯 말했다.

"우리한테 마음을 열지도 않고요. 왜 우릴 데려오고 싶어 한 거죠? 우릴 좋아하는 것 같지도 않은데…."

아카리는 아주머니의 눈빛에서 두 가지 마음이 싸우는 중이란 걸 알 수 있었다.

이곳에 고용된 사람으로서 더 이상 쓸데없는 말을 하면

안 된다는 마음과 눈앞에 있는 안타까운 아이들을 잘 다독여 주고 싶은 마음이 아주머니의 눈동자 속에서 엎치락뒤치락하고 있었다.

결국 아주머니는 식당 쪽을 힐끔 돌아보고는 아카리와 미즈키를 내몰듯이 함께 현관 밖으로 나왔다. 손을 뒤로 뻗어 문을 살며시 닫고는 목소리를 낮추어 말했다.

"할머니는 아직도 무척 힘들어하고 계셔. 그러니까 너희가 이해해 드리렴. 원래는 무척 친절하신 분이야. 사실 3년 전에 애지중지하던 하나뿐인 손자가 죽었거든. 자동차 사고로 말이야. 손자는 이 별장에서 밤에 차를 타고 마을로 가다가 토사 붕괴로 사고를 당했어. 끔찍한 일이지."

평소 서글서글하던 요코 아주머니의 표정에 그늘이 졌다.

"할머니는 그때 손자를 나가게 한 걸 후회하고 있어. 30분만, 아니 10분만 늦게 나갔어도 사고를 당하지 않았을 테니까. 할머니는 정말로 외로운 분이야. 사업은 잘돼서 이렇게 성공하셨지만, 부군과도 일찍 사별하고 따님도 손자를 낳고 얼마 안 돼 죽었어. 외동딸이었는데 말이야. 그 후 부인은 갓 태어난 손자를 맡아서 애지중지 키우셨어. 그런데 그런 손자가 죽고 말았으니…. 그 후로 정말 깊은 슬픔에 잠기셨단다. 그래서 하루하루 우울한 나날을 보내고 계시지. 머리카락도 허옇게 세고."

이렇게 말하며 부드러운 눈빛으로 미즈키와 아카리를 바라봤다.

"이번에 너희를 데려온다는 말을 듣고 다행이라고 생각했어. 다시 가족이 생기면 할머니도 기운을 차리실 테니까."

아주머니는 아카리와 미즈키에게 덧붙여 말했다.

"할머니의 괴로운 마음을 헤아려 드리렴."

아주머니는 자기가 한 말을 꼭 비밀로 해 달라고 부탁했다. 둘은 그러겠다고 약속하고 길을 나섰다.

돌계단으로 이어진다는 숲길은 금방 나타났다. 숲속 깊숙이 들어가니 단단히 다져진 오르막길이 완만하게 이어져 있었다. 군데군데 바위와 나무뿌리가 튀어나와 있는 울퉁불퉁한 길이었다. 길 양쪽에는 무성하게 자란 양치식물과 마취목 등이 잎사귀로 무거워진 가지를 늘어트리고 있었다.

숲속에서 뻐꾸기가 울었다. 능선 위로 떠오른 태양은 눈부신 아침 햇살을 사방에 흩뿌리며 이제 막 비가 그친 산을 금빛으로 물들였다.

아카리는 말없이 비탈길을 올라가며 할머니에 대해 생각했다. 미즈키는 말이 없는 아카리에게 이상하다는 듯 물었다.

"왜 그래? 아무 말도 안 하고."

"할머니도 참 안됐다는 생각이 들어서."

아카리는 무거운 마음으로 대답했다.

"자식이 자기보다 먼저 죽는 건 무척 괴로운 일이라고 할아버지가 말씀하셨거든. 그렇게 순서가 뒤바뀐 장례식이 가장 힘들다고 하셨어. 자식을 앞세운 부모에게는 어떤 말을 건네야 할지 모르겠다고…. 그런데 할머니는 자식도 손자도 먼저 떠나보냈잖아. 굉장히 힘들고 슬펐을 거야."

"어쩔 수 없지. 인간은 누구나 죽으니까."

미즈키의 대답은 물 흐르듯 자연스러웠다.

"그건 그렇지만."

아카리가 반박했다.

"백 살까지 살다 죽는 거랑 젊은 사람이 죽는 건 다르잖아. 달빛 마을의 안도 집안 아이들도 열여덟 살이랑 여섯 살이었어. 더 살 수도 있었는데…."

"그러니까 어쩔 수 없다는 거야. 인간의 목숨에 '더 살 수 있었다.'는 말은 소용없어. 목숨이 다한 때가 그 사람의 수명이고, 그건 바꿀 수 없으니까."

아카리는 미즈키에게 이루 말할 수 없이 화가 났다.

"그래. 넌 똑똑하니까 논리적으로는 네 말이 맞겠지. 하지만 인간은 그렇게 단순한 게 아니야."

아카리의 목소리는 날카로웠다.

"누구나 언젠가 죽는다는 걸 알지만 그 무엇보다 소중한 사람이 죽으면 감정은 그렇게 이성적일 수만은 없어. 우리

할아버지는 예순일곱까지 사셨으니까 할머니의 손자나 안도 집안 자식들보다는 훨씬 오래 사셨지. 하지만 그렇다고 해서 죽어도 상관없다고 생각하진 않아. 여든에 죽는다고 해도, 백 살에 죽는다고 해도, 죽음은 똑같이 슬프고 '더 오래 살았으면 좋았을 텐데….' 하고 생각하게 돼. 그 사람과 이별하고 싶지 않다고 생각하게 돼. 사랑하는 사람이 죽으면 다 그래. 넌 그런 것도 모르니?"

미즈키는 아카리의 기세에 눌린 듯 침묵했다. 아카리도 화를 참지 못하고 쏟아낸 말들이 머쓱했는지 입을 다물었다.

비 갠 후의 숲은 눈부신 햇살로 가득했지만 아카리와 미즈키는 무거운 침묵에 휩싸인 채 비탈길을 올라갔다.

"미안해."

아카리보다 한 걸음 뒤에서 걷던 미즈키가 불쑥 말했다.

"난 헤어지고 싶지 않을 만큼 사랑하는 사람도 소중한 사람도 없어서 잘 몰랐어."

미즈키의 말이 아카리의 가슴에 콕 박혔다. 아카리는 입을 꽉 다물고 미즈키를 돌아봤다.

나뭇잎 사이로 비치는 햇살 속에 서 있는 자신의 아름다운 쌍둥이 자매를 찬찬히 바라봤다. 아카리는 같은 날 태어나 같은 날 버려진, 자신과는 전혀 다른 14년을 살아온 미즈키를 처음 보듯이 애틋하게 바라봤다.

"미안해."

아카리도 말했다.

"넌 모르는 게 없다고 생각했어. 나야말로 갑자기 화내서 미안해."

미즈키는 조심스럽게 웃으며 아카리에게 말했다.

"나도 모르는 거 많거든. 뭐, 너보다는 훨씬 적겠지만."

"하아."

아카리는 한숨을 내쉬며 걷기 시작했다. 하지만 이제 더는 화가 나지 않았다.

산수국 너머로 돌계단 입구가 보였다.

"있다. 저기 봐, 입구야!"

아카리가 가리킨 것은 아치 모양의 돌로 만든 문이었다. 그 앞으로는 돌계단이 산 정상을 향해 뻗어 있었다. 둘은 문을 지나 돌계단을 오르기 시작했다. 아주 오래된 돌계단 같았다. 오랜 세월을 지나며 닳고 닳은 계단에는 이끼가 자라 있었고, 며칠 동안 내린 비 때문에 발을 내디딜 때마다 미끄러웠다. 넘어지지 않게 조심하며 한 걸음씩 계단을 올라갔다.

스물, 서른, 쉰… 급격한 경사면에 놓여 있는 계단은 세상 끝까지 이어져 있을 것만 같았다. 갑자기 머리 위로 우거진 나뭇가지에서 말매미가 울기 시작했다. 그러자 여기저기서 매미 소리가 들려왔다. 숲은 순식간에 매미들의 대합창에 포위됐다. 나뭇가지를 흔들며 울어 대는 매미 소리는 열기를 머금은 듯했고, 비탈진 계단을 오르는 아카리와 미즈키의 이마에는 어느새 땀이 송골송골 맺혀 있었다.

그렇지만 요코 아주머니의 말처럼 쉬엄쉬엄 가고 싶지는 않았다. 이곳을 올라가면 뭔가 있을 것만 같아서 둘은 하악하악 숨을 내쉬면서도 두근거리는 마음을 억누르며 묵묵히 산 정상을 향해 나아갔다.

120번째 계단을 지나 조금 더 오르자 사당 입구를 알리는 또 다른 문이 나타났다. 그곳을 지나가자 땅을 밟아 다진 듯한 작은 공터가 나왔고, 공터 안쪽에 사당이 세워져 있었다. 늑대신을 모시는 작은 사당이라고 들었는데 커다란 차고 정도는 돼 보였다. 지붕에는 기와가 얹어져 있고, 복전함 뒤에는 사당으로 들어가는 미닫이문도 있었다.

"안에 들어갈 수 있나 봐."

아카리가 거친 숨을 몰아쉬며 이렇게 말했을 때였다.

"꺄악!"

아카리보다 몇 걸음 뒤처져 정상에 올라온 미즈키가 비명을 질렀다. 놀라서 뒤돌아본 아카리 앞에 기이한 광경이 펼쳐졌다.

계단에 영양사가 있었다. 대체 어디서 나타난 건지 영양사는 무언가에 홀린 듯 섬뜩한 얼굴로 과자를 든 미즈키의 팔을 붙잡고 있었다. 미즈키는 그 손에서 벗어나기 위해 버둥거렸다.

"아파요. 놔 주세요!"

하지만 영양사는 꽉 잡은 팔을 놓아주지 않았다. 아카리는 옥신각신하는 둘을 떼어 놓으려 미즈키 옆으로 달려왔다. 무언가에 홀린 듯한 눈과 프릴이 달린 하얀 앞치마를 입은 모습이 너무 부자연스러워서 눈앞에서 벌어지고 있는 일이 비현실적으로 느껴졌다. 아카리가 미즈키의 다른 쪽 팔을 잡고 둘을 떨어트려 놓으려 했을 때, 갑자기 영양사가 카랑카랑한 목소리로 외쳤다.

"집으로 돌아가면 안 돼!"

영양사는 빠져나가려 버둥거리는 미즈키에게 얼굴을 바짝 들이밀고 또다시 카랑카랑한 목소리로 말했다.

"집으로 돌아가면 안 돼! 넌 늑대신의 제물이니까. 산에서 내려가면 안 돼! 집으로 가면 목숨을 잃게 될 거다."

이렇게 말한 순간 영양사는 힘껏 잡고 있던 미즈키의 팔을 내던지듯 탁 놓아 버렸다. 균형을 잃은 미즈키의 몸이 돌계단 꼭대기에서 휘청거렸다.

"위험해!"

아카리는 미즈키의 팔을 잡은 손에 힘을 주었다. 휘청거리던 두 사람은 또다시 어딘가로 날아갔다. 끝없는 어둠 저 밑바닥으로 떨어지듯, 아득한 공간 그 어딘가로 빨려 들어가 듯, 몸이 휙 날아갔다. 어느덧 둘은 땅바닥에 엉덩방아를 찧었다. 정신을 차리고 보니 아카리는 미즈키의 팔을 잡은 채 축축한 땅 위에 주저앉아 있었다.

하늘을 올려다본 아카리의 머리 위에서 벚나무 가지가 흔들렸다.

"늑대신의 절이잖아?"

놀란 목소리로 외치는 아카리의 팔을 미즈키가 꽉 붙잡았다.

"쉿!"

미즈키는 재빨리 신호를 보내고 아카리의 팔을 당겼다. 벚나무 뒤쪽으로 기어가다시피 하며 아카리를 잡아끌었다.

"누가 있어."

간신히 나무 뒤쪽에 몸을 숨기고 미즈키가 속삭였다. 아카리는 아름드리 벚나무 뒤에서 조심스레 주변을 살폈다.

본당 앞에 서 있는 두 사람의 모습이 보였다. 이곳은 예상 대로 지난번에 왔던 늑대신의 절이었다. 고개를 돌리자 디딤돌이 깔린 길 앞쪽으로 늑대 석상도 보였다.

하지만 사방을 둘러싼 어둠은 전보다 옅어졌다. 이제 막

해가 졌는지도 모른다.

벚나무는 본당 가까이 있었다. 누군가에게 들킬 뻔했다고 생각하니 간담이 서늘했다.

바람의 방향이 바뀌자 말소리가 들렸다. 잔잔히 흐르는 바람이 아카리와 미즈키가 있는 벚나무 쪽으로 은밀한 이야기를 싣고 왔다.

하나는 남자의 목소리였다. 본당을 등지고 선 커다란 그림자가 목소리의 주인 같았다. 자세히 보니 그 사람은 주름진 보라색 바지에, 얼굴에도 깊은 주름이 진 사토 가문의 신관이었다.

다른 하나는 낮게 속삭이는 듯한 여자의 목소리였다. 원피스를 입은 작은 체구의 사람이 신관과 마주 보고 있었다. 긴 머리를 어깨에 늘어뜨리고, 아카리와 미즈키 쪽을 비스듬히 뒤로하고 서 있었다.

"그렇지만 뭔지도 모르는 물건을 맡아 둘 수는…."

남자가 떨떠름한 기색을 내비치자 여자가 한 걸음 가까이 다가섰다.

"부탁드려요. 신관님 외에는 이런 부탁을 드릴 수 있는 사람이 없어서 그래요. 이건 제 인생에 단 한 번 드리는… 마지막 부탁이니까 제발, 제발 들어주세요."

억누르려 애쓰긴 했지만, 여자는 금방이라도 소리칠 듯한 기세였다.

신관은 확연히 기가 눌린 모습으로 웅얼거리듯 말했다.

"그러니까 뭘 맡기는지 알려 줘야… 들어주지. 뭔지도 모르는 물건을 맡길 테니, 그걸 마을에서 몰래 빼내 아주 멀리 두고 오라니. 그런 기묘한 부탁은 들어주기가 어려워."

여자는 뒤로 한 걸음 물러났다. 하지만 그녀의 목소리는 더욱 위협적으로 들렸다.

"아니요. 받아 주지 않으시면 곤란해요. 제 부탁은 신의 부탁이니까요."

"허, 이거야 원."

당황한 듯한 신관이 타이르듯 말했다.

"그렇게 가볍게 신을 입에 올리면 안 돼. 벌이 내릴지도 모른다고."

"가볍게?"

여자는 차갑게 미소 짓는 것 같았다.

"제가 늑대신의 아내가 된 것은 누구 탓이죠? 아버지와 신관님이 그 제례를 지냈잖아요. 누구보다 잘 아실 텐데요. 아버지는 자신의 소원을 들어주면, 무엇이든 원하는 걸 바치겠다고 약속했잖아요!"

"아, 아니… 어떻게 그걸?"

신관은 당황하는 것 같았다.

"아, 아니야. 그건 실수였어. 네 아버지는 무심코 그렇게 말했지만 그럴 생각은 추호도 없었어. 그래서 난 곧바로 서약을 취소하고 다시 무얼 바칠지 고쳐 말하라고 했어. 물 아래로 가라앉은 본당 대신 새로운 절을 망월산 정상에 짓겠다는 것이 네 아버지가 서약한 제물이야."

"후, 후후."

여자는 웃고 있었다.

"신에게 약속한 제물을 취소할 수 있다니, 신관님은 그게 가능하다고 생각하는 거예요? 한번 내뱉은 말을 바꿀 수 있다고, 정말 그렇게 믿으세요? 그럴 순 없어요. 신은 그걸 받아들이지 않았어요. 처음에 서약한 대로 원하는 걸 얻었어요. 신이 원한 건 저였어요. 그래서 전 그 제례에 따라 신의 아내가 됐고요."

동시에 얼굴을 마주 본 아카리와 미즈키는 아무 말도 할 수 없었다. 다시 여자가 말했다. 깊은 슬픔이 느껴지는 목소리였다.

"전 집에 돌아가면 안 됐어요. 제가 집에 돌아가서 동생이 죽은 거예요. 아버지가 신에게 한 서약을 깨트리고, 날 데려가서… 신은 화를 내고 있어요. 그러니까 부탁이에요. 제 말대로 해 주세요. 그러지 않으면 신관님 집에도 재앙이 닥칠지 몰라요."

아카리와 미즈키는 굵은 벚나무 기둥 뒤에 조용히 몸을 숨기고 두 사람이 주고받는 이야기를 들었다. 아카리는 그때 자신과 맞닿은 미즈키의 어깨가 살며시 떨리고 있다는 걸 알아차렸다. 괜찮은지 물으려는데 팽팽한 긴장감 속에서 침묵을 깨고 신관이 입을 열었다.

"그래. 알았어. 그렇게까지 말한다면 네 부탁대로 하지. 알았으니까 한 번 더 방법을 알려 줘. 맡기는 물건은 내일모레 밤에 네가 가지고 오는 거지?"

"아니요."

여자가 말했다.

"제가 직접 가지고 가진 못할 거예요. 하지만 반드시… 반드시 내일모레 보름날 밤에 신관님이 계신 곳으로 가지고 갈 테니까 그걸 받으면 바로 마을 밖으로 옮겨 주세요. 누구에게도 발각되지 않도록, 되도록 멀리 옮겨서 아무도 모르게 놓고 돌아와 주세요. 옮길 물건은 두 개예요. 두 개를 한 번에 맡길 테지만 마을 밖으로 옮길 때는 두 개를 서로 다른 장소에 놔 주세요. 두 개가 함께 있으면 눈에 띄니까요."

"맡긴다는 게… 설마…."

신관이 물어보려 했지만 여자는 그 물음에는 대답하지 않고 말을 이었다.

"두 개의 물건을 마을에서 옮겨 각각 다른 장소에 두고 와 주세요. 그 물건은 소중한, 아주아주 소중한 거예요. 제 목숨보다 더 소중한 거예요. 그러니까 잘 부탁드려요. 반드시 제가 말한 대로 하겠다고 약속해 주세요. 그리고 이건 결코 누구에게도 말해선 안 돼요. 부인이나 아드님, 친구에게도 절대로 말하면 안 돼요. 물론 제 아버지나 어머니에게도 절대로 말해선 안 되고요. 그게 신의 부탁이에요. 이건 신과의 약속이에요. 반드시 지키겠다고 맹세해 주세요."

이번에는 신관이 고개를 끄덕였다.

"알았어. 맹세코 네가 말하는 대로 하겠어. 비밀은 절대로 누설하지 않을 거야. 약속하지. 그러니 걱정하지 마라."

"고맙습니다."

여자의 목소리가 떨렸다.

"고맙습니다. 정말 고맙습니다."

어둠 속에서 몇 번이나 머리를 숙여 인사한 여자는 신관에게서 휙 몸을 돌렸다. 입구 쪽을 향해 걸어가려는 그녀를 신관이 불러 세웠다.

"아, 잠깐만! 네가 직접 오지 않을 거라면, 뭔가 표식이 있을까? 그게 확실히 네가 보낸 거라고 알 수 있는 표시를 해 줘야 할 것 같은데…."

여자는 신관에게서 등을 돌린 채로 멈춰 섰다. 신관 쪽을 힐끗 돌아보더니 작은 목소리로 말했다.

"두 개의 물건에 각각 달의 표식을 붙여 둘게요. 달은 늑대신을 상징하기도 하니까요. 그러니 제가 맡기는 물건에 달의 표식을 붙여 놓겠어요."

'달의 표식?'

그 한마디가 아카리의 가슴을 쿵 하고 요동치게 했다. 그때, 미즈키가 아카리의 팔을 꽉 잡았다.

"저 사람…."

미즈키가 아카리에게 속삭이려 할 때 여자가 이쪽을 향해 다가왔다. 본당을 뒤로하고 디딤돌이 깔린 길을 걸어 이쪽으로….

'누구지? 저 사람은 누구지?'

아카리는 이쪽으로 걸어오는 여자의 얼굴을 확인하려고 자기도 모르게 벚나무 뒤에서 몸을 내밀었다. 그러자 여자는 어둠 속에 뭔가 있다는 것을 눈치챘는지 벚나무 앞에 우뚝 멈춰 섰다.

'들켰다!'

아카리는 마음속으로 외쳤다. 미즈키가 겁에 질린 듯이 아카리의 팔을 꽉 붙잡았다. 여자가 벚나무 쪽으로 얼굴을 돌리려고 한 바로 그때였다.

극심한 충격이 아카리를 감쌌다. 빛도 소리도 없는 폭발이었다. 강력한 힘이 그곳에서 아카리의 몸을 어딘가로 날려 버렸다.

떨어진다. 끌려간다. 깊고 깊은 어둠 속으로.

퍼뜩 정신을 차렸을 때는 아카리와 미즈키가 함께 돌로 만든 문 아래에 엉덩방아를 찧고 있었다. 그곳은 아까 둘이 올라온 돌계단의 꼭대기였다.

"돌아온 거야?"

아카리가 두리번두리번 주변을 살피며 말했다. 앞쪽을 보니 급경사인 돌계단을 달음질쳐 내려가는 영양사의 뒷모습이 보였다. 아카리는 천천히 일어나 멀어져 가는 뒷모습을 지켜봤다.

"영양사가 우리가 날아가는 걸 봤을까? 너와 내가 사라지는 모습….'

미즈키는 대답하지 않고 나무들 사이 어딘가 한곳을 뚫어지게 바라보면서 천천히 일어섰다.

"왜 그래? 어디 다쳤어?"

아카리는 여느 때와 다른 미즈키의 모습에 걱정스러운 듯 물었다.

"그 사람….'

미즈키는 좀 전에 하려던 말을 조심스럽게 꺼냈다.

"엄마…일지도 몰라."

"엄마?"

아카리는 되물으며 허공을 향해 있는 미즈키의 눈을 들여다봤다.

"무슨 소리야? 엄마라니? 우리 엄마? 아까 그 절에 있던 여자를 말하는 거야?"

미즈키는 여전히 어딘가를 바라보며 멍한 모습으로 고개만 끄덕였다. 아카리는 답답한 마음에 미즈키의 어깨에 손을 얹었다.

"미즈키, 똑바로 말해 줘. 그 사람 얼굴 봤어?"

"아니."

미즈키는 고개를 가로젓고는 그제야 아카리의 눈을 마주 봤다.

"얼굴은 못 봤어. 하지만… 냄새가 났어. 너랑 나와 같은 냄새였어. 아주 강하게 연결된 사람이란 걸 냄새가 알려 줬어. 게다가 원피스를 입고 있었는데 배가 불러 있었어. 그걸 보고 생각했어. 저 사람이 우리 엄마일지도 모른다고."

이번에는 아카리가 멍하니 허공을 바라봤다. 돌계단 위로 보이는 나무들의 희미한 어둠 속에서 좀 전에 본 절의 풍경이 되살아났다. 굳게 결심한 그 여자의 숨죽인 목소리가 마음속에서 울렸다.

'두 개의 물건에 각각 달의 표식을 붙여 둘게요.'

달의 표식을 붙여 둔 물건이 아카리와 미즈키를 말하는 걸지도 모른다.

"그 사람이 우리를 절로 보낸 걸까? 자기가 직접 가지고 갈 수는 없다고 했지? 그 사람이 우리를 낳았고 그 사람이 우릴 버린 거야?"

아카리는 미즈키에게, 아니 그보다는 자기 자신에게 질문을 퍼부었다.

"어째서? 도대체 왜? 왜 우릴 버린 거야?"

"모르겠어."

미즈키가 아카리 옆에서 대답했다.

"모르는 것투성이야."

그 목소리에도 답답한 심정이 고스란히 배어 있었다.

"그 사람… 자기는 늑대신의 제물이었다고 했어. 의식에 따라 자신은 늑대신의 아내가 되었다고. 그게 뭘 뜻하는지 어떤 일이 있었던 건지 전혀 모르겠어."

둘은 잠시 아무 말 없이 서로를 가만히 바라보기만 했다.

먼저 입을 연 사람은 미즈키였다. 미즈키는 생각났다는 듯 뒤쪽의 사당 건물을 돌아보며 나직이 말했다.

"우선 사당에 들어가 보자. 그러려고 여기에 온 거니까. 저 안에 어떤 실마리가 있을지도 몰라."

아카리와 미즈키는 먼저 입구 옆쪽에 있는 손 씻는 곳으로 갔다. 관리하는 사람도 없는 것 같은데 손 씻는 곳의 물받이에는 차가운 물이 찰랑찰랑 가득 차 있었고, 물받이 위로 삐죽 나와 있는 청동 용의 입에서는 지금도 물이 콸콸 흘러나오고 있었다.

'산속 샘물을 끌어온 걸까?'

둘은 차가운 물로 손을 씻으며 정신을 차렸다.

"이곳이 절에 딸린 숨겨진 사당이었던 거지? 여기서 제례가 행해졌던 거구나."

아카리는 미닫이문 안쪽을 문틈으로 들여다봤다. 사당 안은 쥐 죽은 듯 고요했고 어슴푸레했다. 제단 가운데에 놓여 있는 거울이 희미하게 어스름을 비추고 있었다.

하지만 아무리 둘러보아도 제례에 대해 알 수 있는 단서는 하나도 남아 있지 않았다. 아카리와 미즈키는 계속해서 울어대는 매미 소리를 들으며 크게 실망하고는 한숨을 푹 내쉬었다.

"안에 아무것도 없는 것 같아."

미닫이문 안쪽을 들여다보며 말하는 아카리에게 미즈키도 고개를 끄덕여 보였다.

"정말 아무것도 없는 것 같아. 게다가 퀴퀴한 냄새도 나고…."

미닫이문에 얼굴을 가까이 대니 건물 안에서 습한 공기와 뒤섞인, 갇혀 있던 먼지와 곰팡내가 확 풍겨 왔다. 그런데도 아카리는 코를 찡긋거리며 미닫이문에 손을 뻗었다. 힘주어 옆으로 밀자 사당 문은 문턱에 걸려 덜그럭덜그럭 소리를 내며 옆으로 밀렸다.

사당 안은 생각보다 깔끔했다. 한 단 높게 깔아 놓은 마루는 누가 닦아 놓았는지 먼지 하나 없이 깨끗했다. 아무래도 누군가가 이곳을 관리하는 모양이었다.

아카리는 신발을 벗고 안으로 들어갔다. 제단에 놓여 있는 거울 앞에도 신께 올리는 음식이 담긴 쟁반이 있었다. 음식은 올려놓은 지 얼마 안 된 것 같았다.

"혹시 영양사가 청소하러 오는 건가?"

아카리는 왠지 그런 예감이 들었다. 그러자 미즈키도 고개를 끄덕였다.

"그런 것 같아. 산 아래 있는 마을에서 일부러 여기까지 와서 청소하고 공물을 바치는 건 좀 어렵겠지. 별장에 사는 사람, 그러니까 영양사나 관리인이 청소하러 온다는 쪽이 더 설득력 있어."

작은 사당 안은 깔끔하게 정리되어 있었지만 제단 말고는 아무것도 없었다. 이곳에서는 아무런 단서도 찾을 수 없을 것 같았다.

"흠, 아무것도 없는 건가?"

아카리는 이렇게 말하며 제단 앞에서 가볍게 발걸음을 돌렸다. 열어 놓은 미닫이문을 지나 밖으로 나가려다 무심코 문 위쪽을 봤다. 문틀 위에 사진 액자가 걸려 있었다.

크게 확대한 단체 사진이었다. 낯익은 건물… 절의 본당 앞에서 찍은 사진이었다.

사진 아래쪽에 날짜가 적혀 있었다.

'2010년 1월 제례'

마을이 댐 건설로 호수에 잠기기 전, 그해 1월에 찍은 기념사진이었다. 왠지 신경이 쓰여 찬찬히 살펴보던 아카리는 순간 놀라서 온몸이 굳었다.

사진에는 열 명 정도 되는 사람이 찍혀 있었다. 그런데 그중 한 사람, 있을 리 없는 인물의 모습이 보였다. 심장이 사이렌을 울리듯 빠르게 뛰었다.

힐끗 보니 미즈키도 같은 걸 보고 있다. 어슴푸레한 사당에서 눈을 크게 뜨고 뚫어지게 사진을 올려다보고 있다.

"저 사람은 누구지?"

미즈키가 잠긴 목소리로 중얼거렸다. 아카리는 숨을 가쁘게 쉬면서 눈앞의 미즈키와 액자의 사진을 번갈아 봤다.

틀림없다. 사진 속에 미즈키가 있다. 환하게 미소 짓는 사람들 속에서 미즈키가 웃고 있다. 수줍은 미소를 띠며 14년 전의 본당 앞에 서 있는 소녀는 미즈키였다.

"대체 어떻게 된 거야? 어떻게 14년 전 달빛 마을에 미즈키가 있는 거지?"

아카리는 사진을 바라보며 질문을 던졌다. 뿌옇고 어슴푸레한 사당 안에서.

 미즈키는 외면하고 싶은 마음을 꾹 누르며 한 번 더 찬찬히 문틀 위의 사진을 올려다봤다. 어둑한 곳에 걸려 있는 낡은 단체 사진이라 한 사람 한 사람의 얼굴을 알아보기는 힘들었다. 하지만 사진 속 소녀는 놀랄 만큼 미즈키와 닮았다.
 "아!"
 갑자기 뭐가 생각났는지 아카리가 사당 밖으로 나갔다.
 "잠깐만 기다려."
 미즈키에게 이 말을 남기고 건물 뒤쪽으로 모습을 감춘 아카리는 잠시 후 손에 장대 빗자루를 가지고 돌아왔다.
 "역시 있었어!"
 의기양양하게 빗자루를 미즈키에게 내밀었다.

"누가 청소하러 왔다면 틀림없이 어딘가에 빗자루가 있을 테니까. 뒤쪽 헛간에 있더라고."

"그걸로 뭘 어쩌려고?"

"잘 봐. 이렇게 해서…."

아카리는 걱정스럽게 묻는 미즈키를 뒤로하고 장대 빗자루를 높이 들어 문틀 위에 있는 사진을 떼어 내려 했다.

"위험해."

미즈키의 말이 끝나기도 전에 사진이 든 액자는 시끄러운 소리를 내며 바닥으로 떨어졌다.

"그것 봐, 위험하다니까."

아카리는 액자를 주우면서 핀잔하는 미즈키에게 투덜거렸다.

"불만이 있으면 하기 전에 말했어야지."

줍고 보니 액자의 유리 표면에 금이 가 있었다. 아카리는 유리가 깨지지 않게 표면의 먼지를 손으로 살살 닦았다. 미즈키와 아카리의 눈앞에 14년 전 달빛 마을 사람들이 선명하게 모습을 드러냈다.

사진에는 모두 열세 명이 찍혀 있었다.

"이건 내가 아니야."

미즈키는 자신과 무척 닮은 소녀를 보며 안심한 듯 숨을 내쉬었다.

"응, 자세히 보니 다르네. 나이도 너보다 많아 보여."

아카리도 수긍했다.

"이것 좀 봐! 여기 변호사 아니야?"

미즈키가 가리킨 사진 왼쪽에 의관을 차려입은 신관 두 명이 있었다. 의관은 신관이 큰 제례 때 입는 정식 의복이다. 두 신관 중 젊은 사람은 분명 별장에 드나드는 변호사였다.

"역시 변호사는 신관이었어. 그렇다면 다른 신관은 그의 아버지라는 건가?"

"그러네. 여기 이 왼쪽 무리는 변호사네 가족이야. 아버지와 어머니, 그리고 변호사와 부인. 옆에 있는 젊은 남자들은 대학생이었던 변호사의 아들들이고, 그 앞의 휠체어에 앉아 있는 사람은 102세의 할머니일 거야. 그 옆은 무녀인가 봐."

"무녀?"

아카리의 물음에 미즈키는 자기도 모르게 숨죽여 말했다.

"응. 무녀가 입는 옷을 입고 있잖아. 이 무녀… 영양사 쿠도 씨야."

"뭐? 거짓말!"

아카리가 액자 쪽으로 몸을 기울였다.

"하지만 왜 무녀지? 이거 정말로 쿠도 씨 맞아?"

"틀림없어. 잘 봐. 14년 전의 보름달이 뜬 밤, 절에서 우리가 본 쿠도 씨야."

얼굴형도 몸집도 지금보다 훨씬 통통하지만 음울한 눈매만은 변함없었다. 무녀 차림의 쿠도 씨는 본당 앞에 모인 사람 중 혼자만 전혀 웃지 않고 화난 듯한 표정으로 카메라를 노려봤다.

'어째서 사토 집안에서 입주 간호사로 일했던 쿠도 씨가, 지금은 츠다 할머니의 영양사인 쿠도 씨가 무녀 옷을 입고 기념사진을 찍은 걸까?'

이렇게 생각한 순간 보일 듯 보이지 않던 무언가가 미즈키의 마음속에서 천천히 모습을 드러내기 시작했다.

"잠깐만."

미즈키는 스스로에게 말하며 숨을 크게 들이마셨다. 들썩거리는 가슴을 진정시키고 머릿속으로 생각을 정리하면서 다시 한번 찬찬히 사진을 들여다봤다. 카메라 초점이 맞춰지는 것처럼 흐릿했던 이미지가 선명하게 상을 맺었다. 그제야 미즈키는 자신이 보고 있는 것이 무엇인지 깨달았다.

"그렇구나."

아카리는 혼자 중얼거리는 미즈키를 궁금하다는 듯 바라봤다. 미즈키는 어둑한 사당에서 천천히 입을 열었다.

"여긴 안도 집안 사람들이야."

"뭐?"

미즈키는 사진 오른쪽에 모여 있는 네 사람을 하나하나 가리키며 대답했다.

"봐 봐. 가문의 문양이 새겨진 옷을 입고 있는 이 사람은 달빛 마을의 마지막 수장이고 옆에 있는 사람이 부인, 그 앞에 서 있는 어린 남자아이가 여섯 살이었던 수장의 아들이야. 그리고…."

미즈키는 자신과 닮은 그 여자를 가리키며 잠시 망설였지만 곧이어 말했다.

"이 사람은 열여덟 살이었던 마을 수장의 딸."

"그걸 어떻게 알아?"

아카리가 의아하다는 듯 미즈키를 봤다.

"이건 특별한 사진이야. 달빛 마을의 마지막 해, 1월에 절의 본당 앞에서 촬영한 기념사진이잖아. 그렇다면 여기에 모인 사람들은 절과 깊은 관련이 있겠지. 왼쪽 무리가 대대로 신관을 맡아 온 사토 집안이라면, 오른쪽 무리는 안도 집안일 거야. '구원자'라 불리며 절을 세우고, 대대로 달빛 마을의 수장을 맡아 왔으니까. 게다가 그렇게 생각하면 주민 명부에 있는 안도 집안의 가족 수와 딱 맞아떨어져."

"그렇지만 한 명 더 있어."

아카리가 사진을 가리키며 지적했다.

"여기, 오른쪽 끝에 있는 아저씨. 모자 쓴 사람 말이야."

"맞아. 여기에는 안 어울리는 두 사람이 더 찍혀 있어."

미즈키는 수긍하며 말했다.

"한 사람은 무녀 차림의 쿠도 씨. 그리고 이 오른쪽 끝의 남자. 잘 봐. 이 사람 총을 들고 있는 거 보여?"

미즈키의 말에 아카리가 놀란 듯 고개를 끄덕였다.

"정말이네. 다른 사람들보다 약간 뒤에 있어서 잘 안 보였어. 손에 쥔 건 진짜 총이잖아. 왜 총을 들고 있지?"

"사냥꾼이니까."

미즈키가 말했다.

"사냥꾼?"

아카리가 어이없어하며 미즈키를 봤다.

"그럼 절이랑 전혀 상관없는 사람이잖아. 왜 그런 사람이 느닷없이 기념사진을 같이 찍어?"

"상관있어."

미즈키가 대답했다.

"무녀도, 사냥꾼도 제례에는 빼놓을 수 없는 사람이었어."

"뭐?"

미즈키는 당황한 표정으로 고개를 갸웃거리는 아카리에게 마음속으로 정리한 생각을 말했다.

"떠올려 봐. 절에 딸린 깊숙한 산속 사당에서 행해진 정식 제례에는 네 사람이 꼭 참석해야 한다고 자료에 쓰여 있었어. 한 사람은 사토 집안의 신관, 다른 한 사람은 안도 집안의 입회인, 그리고 신의 뜻을 전하는 무녀와 경계를 서는 파수꾼. 자료를 읽을 때는 파수꾼이 어떤 역할을 하는 사람인지 정확히 몰랐는데, 만약 파수꾼이 숲에서 망을 보는 사람이라고 생각하면 이해가 돼. 그러니까 파수꾼은 사냥꾼이었던 거야. 중요한 제례를 지내는 동안 사냥꾼이 산짐승이나 산에 올라온 사람이 제례를 방해하지 못하도록 총을 가지고 망을 보는 거지."

미즈키는 사진에서 시선을 거두어 아카리를 봤다.

"알겠지? 이 사진에 찍힌 사람들은 특별한 사람들이야. 제례와 관련 있는 사람들이지. 쿠도 씨는 신의 뜻을 전하는 무녀고."

"신의 뜻을 전하는 무녀? 쿠도 씨가 정말 신탁을 전한다는 말이야?"

당혹스러워하는 아카리를 향해 미즈키는 천천히 고개를 끄덕였다.

"쿠도 씨가 고용된 진짜 이유는 바로 그거야. 쿠도 씨는 무녀였던 거야. 신의 뜻을 전하는 매개자는 아무나 할 수 있는 게 아니잖아. 쿠도 씨는 그런 능력이 있었던 거지. 그 능력을 인정받아 신관 집안에 고용된 거야. 그렇다면 이 사진에 쿠도 씨가 무녀의 모습으로 있는 게 이해되지?"

미즈키와 아카리는 한 번 더 찬찬히 사진을 들여다봤다. 아카리가 속삭이듯 물었다.

"설마 이 사냥꾼이 할머니네 관리인은 아니겠지?"

사실 미즈키도 같은 생각을 했지만 확실하진 않았다.

"모자 때문에 얼굴이 잘 안 보여서 모르겠어. 관리인의 얼굴도 잘 모르고. 하지만…."

"하지만 뭐?"

아카리가 겁먹은 표정으로 미즈키를 봤다. 미즈키는 어쩌면 아카리도 마음속으로 자신과 똑같은 생각을 하는 건 아닐지 생각했다.

"가능성은 있어 보여. 작고 다부진 체형도 비슷하고, 무엇보다 관리인은 14년 전에도 달빛 마을에 살고 있었어. 게다가 수렵 동호회 소속이었고. 너도 이미 눈치채고 있지?"

"뭘?"

아카리가 움찔 놀라며 물었다.

"전에 할머니가 별장에 달빛 마을 출신을 모으고 있다고 얘기했었잖아. 그런데 그게 다가 아니야. 할머니는 제례를 거행하는 데 필요한 사람들을 모으고 있는 거야."

미즈키는 자기가 한 말인데도 등줄기가 서늘해졌다. 아카리는 얼어붙은 듯이 미즈키를 빤히 바라봤다. 미즈키는 이어서 말했다.

"변호사인 사토 씨는 수호자 집안 사람이야. 신관을 맡을 수 있지. 신의 뜻을 전하는 무녀는 영양사인 쿠도 씨, 파수꾼 역할은 관리인인 무토 씨. 이제 남은 건 입회인 역할을 맡을 구원자, 그러니까 안도 집안 사람이야."

미즈키는 자신의 호흡이 가빠 오는 걸 느꼈다. 사당 안의 공기가 희박해진 것처럼 아카리도 호흡이 흐트러졌다. 미즈키와 아카리는 잠시 그대로 서로의 얼굴을 쳐다봤다.

이윽고 아카리가 금붕어처럼 입을 뻐끔뻐끔 움직여 거품을 내뱉듯 묵직한 말을 토해 냈다.

"우리가 안도 집안의 아이라는 거야?"

미즈키는 고개를 끄덕이는 대신 물끄러미 아카리를 보며 신중하게 대답했다.

"적어도 츠다 할머니는 그렇게 생각한 거야. 그러니까 우리를 찾아내서 별장에 데려온 거고."

아카리는 다시 미즈키에게 물었다.

"그럼 할머니는 제례 때 우리에게 입회인 역할을 맡길 생각이구나?"

이번에도 미즈키는 고개를 끄덕이지 않았다. 대신 아카리를 바라보며 무슨 말인가를 하려고 입을 벌렸을 때였다. 돌계단을 올라오는 사람의 기척이 느껴졌다.

둘은 놀라서 얼굴을 마주 봤다.

"누구지?"

아카리가 허둥지둥 금이 간 사진 액자를 챙겨 미닫이문 쪽으로 걸어갔다.

하지만 미즈키는 아카리가 밖을 살펴보기 전에 발소리 주인의 냄새를 알아차렸다.

"할머니야."

"뭐?!"

정말 할머니가 나타났다. 할머니가 돌계단을 올라 이쪽으로 오고 있었다. 일흔 살이라고는 생각할 수 없는 가벼운 발걸음이다. 무슨 이유인지 손에 커다란 피크닉 바구니를 들고 있었다.

할머니는 정상의 공터까지 왔다. 사당 안에 있는 두 사람을 발견하고 손을 흔들었다. 그러고는 입술의 한쪽 끝만 들어 올려 슬픈 미소를 지었다.

미즈키와 아카리는 손을 흔들 수 없었다. 아카리는 어떻게 하면 좋을지 몰라 액자를 뒤집어 가슴에 꼭 안았다.

할머니가 두 사람에게 다가왔다. 사당 안에 있는 둘을 보고 의아하다는 듯 눈을 가늘게 떴다. 열린 미닫이문 앞에 서서 할머니는 두 사람의 딱딱하게 굳은 얼굴과 아카리가 가슴에 안은 사진 액자를 봤다. 그리고 놀랐는지 눈이 커졌다.

"그 사진은… 사당에 걸려 있던 거지? 어떻게 내렸니?"

아카리가 한 걸음 앞으로 나오며 말했다.

"변호사랑 같이 회사에 가신 거 아니었어요? 아침 드시고 바로 간다고 하셨잖아요."

할머니는 몸을 숙여 바구니를 내려놓았다. 그러고는 마치 자기 몸을 보호하려는 듯이 팔짱을 끼고 둘을 바라봤다.

"가려고 했지. 근데 전화로 해결했어. 모처럼 날씨도 좋고 오늘은 집에 있기로 했단다. 너희랑 시간도 많이 보내지 못한 것 같고. 요코 씨한테 물었더니 너희가 산속 사당에 갔다길래…."

할머니는 매미가 울어 대는 우듬지 쪽을 힐끗 봤다.

"오늘은 소풍 가기 좋은 날이잖아. 그래서 간단한 음식을 만들어 달라고 해서 열심히 쫓아왔지."

집을 나서는 변호사의 차를 보고 미즈키와 아카리는 할머니가 같이 타고 있는 줄 알았다. 나가는 모습을 보진 못했다. 미즈키는 부주의한 자신들의 행동에 화가 났다.

아카리가 갑자기 대들기라도 하듯 할머니에게 물었다.

"할머니는 알고 계셨죠? 우리가 누군지 알고 여기로 데려온 거죠?"

할머니는 무슨 말인가 하려다 말고 입을 다물었다. 아카리가 하는 말의 진의를 알 수 없어서 뭐라고 대답해야 할지 망설이는 듯했다. 아카리는 뒤집어서 가슴에 안고 있던 액자를 앞으로 돌렸다. 액자 속 사진을 할머니의 눈앞에 가까이 가져갔다.

"이 사람이 변호사죠?"

사진 속 신관을 가리키는 아카리의 기세에 눌린 듯이 할머니는 고개를 끄덕였다.

"이 무녀는 영양사고요?"

할머니의 눈에 퍽 놀란 눈빛이 떠올랐다. 지금은 완전히 다른 모습으로 변한 영양사를 미즈키와 아카리가 낡은 사진 속에서 알아본 것에 놀란 모양이다. 할머니는 이번에도 솔직하게 수긍했다.

"그럼 이 사람은요? 이 사람은 관리인이죠?"

할머니가 한 번 더 수긍했다. 역시 사진 속 사냥꾼은 관리인 무토 씨였다.

"사진에 찍혀 있는 달빛 마을 사람이 셋이나 이 별장에 있는 건 우연이 아니죠? 일부러 사당에서 제례를 지낼 때 필요한 사람들을 모은 거죠?"

할머니는 놀란 듯이 미즈키와 아카리의 얼굴을 번갈아 봤다. 아카리와 미즈키가 제례에 관해서도 알고 있다는 사실에 적잖이 놀란 듯했다.

"어떻게 그걸?"

할머니는 이렇게 말하고는 뭔가 알아차린 듯 숨을 길게

내쉬었다.

"너희, 내 손자의 방에 들어갔구나? 그 방에 있는 자료를 보지 않았다면 이 사당에서 지내는 제례는 알 수 없어."

미즈키와 아카리는 가슴이 철렁했다. 둘은 서로를 마주 봤다. 팽팽한 긴장감이 흘렀다. 움츠러든 아카리가 침을 꼴깍 삼켰다.

미즈키는 할머니에게서 흘러나오는 감정들에서 처음으로 슬픔 이외의 냄새를 맡았다. 마른풀 위에서 연기만 피어오르는 냄새와 비슷했다. 이것은 분노의 냄새다. 아직 이글이글 타오르지는 않았지만 할머니의 몸에서는 옅은 분노의 냄새가 났다.

마음을 가라앉히고 미즈키가 말했다.

"맞아요. 우린 그 방에 들어갔어요. 그리고 달빛 마을에 관한 파일을 찾아냈어요."

아카리를 향했던 할머니의 눈이 이번에는 미즈키에게로 옮겨 갔다.

"우린…."

미즈키도 할머니의 눈을 똑바로 바라봤다.

"어쩔 수 없었어요. 할머니가 아무런 설명도 해 주지 않았으니까요. 14년 전 4월에 태어난 부모를 알 수 없는 아이, 게

다가 달의 표식이 있어야 한다는 조건. 그런 조건은 누구나 이상하게 생각할 거예요. 일부러 그런 아이를 찾은 데는 분명 이유가 있겠죠. 우린 그 이유를 알고 싶었어요."

미즈키 옆에 있던 아카리가 이어서 말했다.

"솔직하게 말해 주세요. 할머니는 왜 우리를 여기로 데려온 거죠? 대체 무얼 하려는 거죠? 우리가 계속 여기서 살지 말지는 우리 스스로 정하면 된다고 하셨죠? 할머니가 우리에게 정하라고 한 건 우리의 미래예요. 이유도 모르는 채로 그런 중요한 걸 정할 수는 없어요."

할머니는 잠시 침묵을 지키며 미즈키와 아카리를 바라봤다. 이미 분노의 냄새는 사라지고 없었다. 또다시 깊은 슬픔의 냄새만이 그 공간을 가득 채웠다.

"그래."

결국 할머니는 지쳤다는 듯 한숨을 내쉬며 말했다.

"때를 봐서 다 설명할 생각이었어. 여기, 이 사당에서 8월에 중요한 제례를 치를 거야. 너희도 참석해 주었으면 해. 하지만 그 제례를 어떻게 설명하면 좋을지 모르겠어서 지금까지 아무 말도 할 수가 없었어."

할머니는 미즈키와 아카리를 바라봤다.

"너희가 말한 대로야. 더 빨리 말해야 했는데 미안하구나."

할머니는 이렇게 말하고는 천천히 발밑의 바구니를 집어 들었다.

"뒤쪽에 있는 벤치로 가자. 길고 복잡한 이야기가 될 것 같구나."

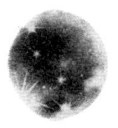

　사당 뒤에는 돌로 만든 작은 탁자와 벤치 두 개가 놓여 있었다. 나무 밑은 바람이 불어와 시원했다.
　할머니는 탁자 위에 바구니를 올려놓고 한쪽 벤치에 앉았다. 맞은편 벤치에 아카리와 미즈키가 나란히 앉았다. 아카리는 문틀 위에 걸려 있던 액자를 아직도 손에 들고 있다는 걸 깨닫고는 먼지투성이 액자를 무릎에 살며시 올려놓았다.
　산들산들 바람이 지나간다. 나뭇잎 사이로 비치는 햇살이 살랑살랑 흔들린다. 골짜기로 이어지는 비탈길 쪽에서 다시금 뻐꾸기가 울었다.
　할머니는 나무 사이로 보이는 높은 하늘을 올려다보며 천천히 입을 열었다.

"하루에게 호수 밑에 잠긴 마을이 있다는 이야기를 처음 들은 게 언제였더라. 그 아이가 대학 4학년 아니면 막 대학원에 들어갔을 때였을 거야. 그 아인 대학원에서 민속학과 심리학을 접목한 연구를 하고 싶다고 했어. 그 연구 소재로 선택한 게 달빛 마을이었지. 그 무렵 하루는 정말로 달빛 마을에 푹 빠져 있었어. 내가 이곳에 별장을 지은 것도 그 아이의 현장 조사에 몇 번 따라다니면서 이곳을 무척 좋아하게 됐기 때문이었어. 여긴 참 좋은 곳이야. 댐이 건설되기 전의 달빛 마을은 분명 아름다운 마을이었을 거야."

할머니는 나뭇잎 사이로 살랑거리는 햇살에 눈을 가늘게 뜨고 불어오는 바람을 가볍게 들이마셨다.

"하루는 달빛 마을 이야기를 자주 했어. 아주 독특한 마을이었대. 다른 곳에서 볼 수 없는 달빛 마을에만 전해 오는 풍습과 설화가 아주 많다고 했지. 그중에서도 늑대에 관한 민담이 이상하리만치 많다고. 늑대를 구한 일족이 대대로 마을 대표를 맡거나, 늑대가 구한 일족이 대대로 신관을 맡는다고 했어. 그 아이는 늘 눈을 반짝거리며 이야기했단다."

할머니는 먼 과거를 그리워하며 희미하게 미소 지었다.

"너희도 이미 알고 있는 것 같지만 우리 회사의 고문 변호사인 사토 히로무 씨는 신관을 맡아 온 사토 집안의 자손이야. 그의 아버지가 달빛 마을의 마지막 신관이었고. 그분은 달빛 마을이 수몰될 때 80세로 고령이었지만 그 후에도 꽤 정정하셨어. 그래서 하루가 여러모로 신세를 졌던 모양이야. 그분이 직접 들려주는 달빛 마을의 이야기를 녹음하기도 했던 것 같아. 마을에 옛날부터 전해 내려오는 이야기를 기억하는 분이 있는데 무척 도움이 된다고 하루가 종종 말했었어. 그때까지는 그분을 만나 본 적이 없었어. 내가 그분과 만난 건 하루가 죽은 뒤였으니까."

할머니는 말을 끊고 바구니에서 주스를 꺼냈다.

"딸기 주스야. 너희도 마실래?"

아카리와 미즈키는 살며시 고개를 저었다. 할머니는 말을 많이 해서 목이 말랐는지 종이컵에 따른 주스를 다 비웠다. 아카리와 미즈키는 가만히 지켜보았다.

목을 축인 할머니는 다시 천천히 말했다.

"우리 회사의 계열사 중에는 고령자 보호 시설도 있어. 사토 히로시, 그러니까 변호사의 아버지는 우리 시설에 계셨어. 하루가 죽고 1년쯤 지났을 때였나. 그 아이가 신세 졌던 달빛 마을의 신관이 우리 시설에 계신다길래 문병차 들렀지. 처음 만났을 때는 깜짝 놀랐단다. 하루한테 들은 이야기와 너무 다른 모습이었거든. 하루는 이야기하기 좋아하는 서글서글한 할아버지라고 했지만 내가 만난 사람은 상당히 어두운 표정이었어. 시설의 누구와도 이야기하려 하지 않았지. 지금 생각해 보면 그즈음 그는 오랜 세월 자신의 가슴속에 묻어 온 괴롭고 무거운 비밀에 힘들어했던 것 같아."

강한 바람이 매미들의 대합창이 이어지는 우듬지를 흔들며 지나갔다. 비 갠 후의 축축한 풀과 흙 내음이 더욱 진하게 풍겨왔다.

'이건 바람의 냄새일까. 아니면 미즈키가 말했던 할머니한테 나는 슬픔의 냄새일까.'

아카리가 이런 생각을 하고 있는데 할머니가 다시 말을 이었다.

"그분은 누구와도 말하지 않았지만 종종 혼잣말을 하곤 했어. 처음 문병하러 갔을 때 '마지막 제례'라고 중얼거리는 말을 우연히 듣게 됐지. 마지막 제례는 절대 거행하지 말았어야 했다는 그 말이 마음에 걸려서 그 후 몇 번 더 그의 병실에 들렀는데 점점 무슨 말을 하는지 이해할 수 있게 되었어. 아마 하루한테 달빛 마을에 관해 이것저것 들은 이야기가 있었기 때문일 거야. 달빛 마을에서 했던 제례 이야기였는데, 그는 자신이 치른 마지막 제례를 계속 마음에 담아 두고 후회해 왔어. 14년 전, 마을이 수몰되는 그해에 몰래 치른 마지막 제례를 말이야. 그분은 당시 마을 수장의 의뢰로 제례를 지냈어. 그건 혼을 소환하는 제례였지."

아카리와 미즈키는 놀라 서로를 바라봤다.

"혼을 소환하는 제례?"

아카리가 따라서 말했다. 미즈키가 할머니에게 물었다.

"혼을 소환하는 제례라면 죽은 사람을 소생시키는 걸 말하는 거예요? 14년 전에 달빛 마을에서 그런 제례를 했다는 말인가요?"

할머니가 고개를 끄덕이며 대답했다.

"그래. 마을 수장은 혼을 소환하는 제례를 지내서 교통사고로 죽은 아들을 소생시켜 달라고 신관에게 부탁했어. 당연히 신관은 반대했지. 혼을 소환하는 제례는 200년 가까이 치른 적 없고, 애초에 죽은 자의 혼을 불러내는 것은 사자를 혼란스럽게 하는 일이라고. 잠들려는 혼을 시끄럽게 할 뿐이라고 했지. 하지만 결국 자식을 잃은 아버지를 이길 수 없었던 신관은 몰래 산속 사당에서 혼을 부르는 제례를 지냈단다. 그게 달빛 마을의 마지막 제례였어."

"거짓말."

아카리는 자기도 모르게 할머니의 말을 가로막았다.

"설마 그런 걸 믿는 건 아니죠? 죽은 사람을 되살리다니?"

"나도 처음에는 못 믿었단다."

할머니가 엷은 미소를 지으며 말했다.

"누구나 처음에는 믿을 수 없을 거야. 소생이라니. 하지만 그 제례는 정말로 치러졌어. 그리고 14년 전 그날 수장의 아들은 살아났어."

할머니의 눈빛은 뭔가에 홀린 듯 검푸르게 빛났다. 그 제례에 마음을 빼앗긴 듯 미소를 지으며 할머니가 말했다.

"제례를 마치고 수장이 집으로 돌아와 보니, 분명히 죽었던 아들이 평소처럼 이불 속에서 곤히 자고 있었대. 아무 일도 없었던 것처럼 말이야. 그는 무척 기뻐했는데 다른 사람들은 모두 아들이 죽었다는 사실조차 기억하지 못했대. 부인까지도 남편이 왜 그렇게 호들갑을 떠는지 영문을 몰랐다는구나."

"하지만…."

이번에는 미즈키가 할머니의 말을 끊었다.

"마을 수장의 아들은 14년 전 1월 24일에 죽었어요. 달빛 마을 주민 명부에 그렇게 쓰여 있었는걸요."

할머니는 미즈키의 눈을 보며 천천히 고개를 끄덕였다.

"수장의 아들은 살아 돌아온 후에 다시 교통사고로 죽었어. 1월 24일은 그 아이가 두 번째로 죽은 날이야."

"두 번째로 죽은 날이요?"

미즈키가 할머니의 말을 따라 하며 눈썹을 찌푸렸다. 할머니의 눈은 이번에도 뭔가에 홀린 듯 반짝거렸다.

"마을의 수장은 늑대신의 노여움을 산 거야."

할머니는 어리둥절해하는 아이들에게 말했다.

"혼을 소환하는 제례를 할 때는 그 절의 신인 늑대신에게 서약을 해야 해. 그런데 마을 수장이 신에게 한 서약을 어긴 거야. 그래서 신이 진노해 되살린 아들의 목숨을 다시 빼앗아 갔지. 결국 그의 아들은 두 번 죽었어."

"그런 일이…."

아카리는 할머니의 말을 또다시 끊었다.

"그걸 정말 믿는 거예요? 그분은 시설에 있을 때 이미 연세가 꽤 많으셨잖아요. 할아버지가 혼자 중얼거리는 말만 듣고 그걸 진짜로 믿는다고요?"

할머니는 날카로운 눈빛으로 아카리를 바라봤다. 이내 입가에 미소가 번졌다.

"기록이 남아 있어."

할머니는 왠지 모르게 자신만만한 표정을 지으며 말했다.

"그분은 우리 시설에서 돌아가셨어. 돌아가시기 전에 나한테 장부를 한 권 맡겼지. 그때는 이미 위독한 상태여서 말도 제대로 못 했지만 내 팔을 붙잡고 자신이 죽으면 그 장부를 태워 달라고 했어. 그리고 바로 다음 날 숨을 거뒀지. 그 장부에 혼을 소환한 마지막 제례의 모든 것이 기록되어 있었어. '제례 비망록'이라는 장부였지."

아카리는 그 말을 어디선가 들어 본 것 같았다. 기억력이 좋은 미즈키가 말했다.

"아, 달빛 마을에 있던 절의 제례를 기록한 장부죠?"

"맞아."

할머니가 고개를 끄덕였다.

"제례에 관한 작은 것 하나까지도 다 기록되어 있었어. 비망록의 마지막 기록은 2010년 1월의 혼을 부르는 제례였지. 거기에는 마을 수장이 의뢰한 내용과 제례의 절차가 적혀 있고 결과 항목에는 '성취'라는 글자가 굵게 쓰여 있었어. 제례는 성공했고 수장의 소원은 이루어졌다는 거야. 하지만 그 기록에는 그것 말고도 연필로 써넣은 작은 글씨가 비고란을 빼곡하게 채우고 있었어. 그 덕분에 알 수 있었지. 14년 전 1월에 달빛 마을에서 어떤 일이 일어났는지."

아카리와 미즈키는 몸을 살짝 움직여 서로의 얼굴을 바라봤다. 할머니가 이어서 말했다.

"수장의 의뢰로 혼을 소환하는 제례를 지냈고 그 소원은 이루어졌어. 그런데 수장은 신과의 약속을 어겼어. 제례 때 '아들을 살려 주면 무엇이든 신이 원하는 것을 바치겠다.'라고 서약했으면서, 수장은 그 선언을 취소하고 제물을 바꿨어. 제물은 소원이 이루어지면 신께 바치는 걸 말하는데 신과 한 약속은 취소하거나 되돌릴 수 없어. 그래서 신은 최초의 서약에 따라 원하는 걸 손에 넣으려 했지."

할머니는 숨을 길게 내뱉고 아카리와 미즈키의 얼굴을 번갈아 보더니 이어서 말했다.

"신이 원한 건 마을 수장의 딸이었어. 신은 아들의 목숨과 맞바꿔 딸을 제물로 데려가려 한 거야."

아카리는 놀라움에 눈을 크게 뜨고 미즈키와 눈빛을 주고받았다. 아카리의 가슴속에는 얼마 전 어스름 속 절에서 본 풍경이 선명하게 떠올랐다. 그때 들려온 속삭이는 듯한 여자의 목소리가 되살아났다.

'신이 원한 건 저였어요. 그래서 전 그 제례에 따라 신의 아내가 됐고요.'

그 목소리의 주인이… 그 사람이 수장의 딸이었구나. 그렇다면 그 사람이 우리 엄마라는 걸까?

할머니는 복잡한 표정을 짓는 아카리와 미즈키에게 계속해서 말했다.

"수장의 아들이 살아 돌아온 날, 갑자기 딸이 사라졌어. 수장은 황급히 경찰에 연락해 딸을 찾다 나섰지만 찾지 못했어. 아무런 단서가 없어서 경찰도 포기했대. 하지만 그로부터 열흘쯤 지나, 딸이 산속 사당 앞에 혼자 서 있는 모습을 우연히 발견했어. 사당의 청소 당번을 맡았던 사람이 눈을 치우려고 돌계단을 올라갔는데, 사당 앞에 우두커니 서 있었다는 거야. 놀란 마을 사람이 말을 걸고 집에 데려가려고 하자, 딸은 거부하면서 도망치려고 했대. '전 늑대신의 아내가 되었으니 마을로 내려갈 수 없어요. 다만 어머니와 아버지께 제가 잘 있다고 전해 주세요.'라고 했다더구나. 그래도 그 사람은 억지로 딸을 마을로 데리고 갔어. 딸은 집으로 돌아간 후에도 몇 번인가 산으로 돌아가려 했지만, 수장은 허락하지 않았어. 딸을 방에 가두고 밖으로 한 발짝도 내보내지 않았대. 딸이 돌아오고 사흘 뒤에, …아들이 죽었어. 또다시 교통사고로 죽고 말았지."

긴 이야기에 목이 타는지, 할머니는 주스를 조금 더 컵에 따라 목을 축였다.

아카리의 가슴속에는 또다시 절에서 들은 목소리가 되살아났다.

'전 집에 돌아가면 안 됐어요. 제가 집에 돌아가서 동생이 죽은 거예요.'

그 사람이 수장의 딸이자 두 사람의 엄마였다. 아카리는 그렇게 생각하며 무릎 위에 올려놓았던 사진을 바라봤다. 금이 간 낡은 액자 속 사진을 다시 보니, 돌아갈 수 없는 시간 속에서 수줍게 미소 지은 엄마가 아카리를 바라보는 것만 같아서 가슴이 떨려 왔다. 무심코 돌아보니 옆에 있는 미즈키도 사진을 물끄러미 바라보고 있었다.

다시 할머니가 말했다.

"수장의 딸도 그 후로 앓아누웠어. 결국 두 달 만에 죽었다는구나."

죽었다….

그렇다. 그녀는 죽고 말았다. 주민 명부의 비고란에서 죽은 날짜를 알았을 때와는 또 다른 슬픔이 가슴을 짓눌렀다. 아카리는 그 감정을 마음속에 가둬 두기 위해 입술을 깨물고 사진에서 눈을 돌렸다.

갑자기 바람이 사당을 둘러싼 숲을 흔들며 강하게 불어왔다. 우듬지를 흔드는 나무들의 술렁거림 속에서 할머니가 나지막한 목소리로 말했다.

"혼을 소환하는 마지막 제례는 신관과 마을 수장 외에 마을 사람들은 아무도 몰랐어. 하지만 수장의 딸 실종 사건은 신이 데려간 거라며 온 마을이 시끄러웠던 모양이야. 달빛 마을을 조사하던 하루도 이 실종 사건에 관한 이야기는 여기저기에서 들었다고 했어. 옛날부터 달빛 마을에서는 아름다운 딸이 사라지면 '늑대신이 데려갔다.'라든가 '그 딸은 늑대신의 아내가 됐다.'라고 했었대. 또 하루가 이런 이야기도 했어. 딸이 죽은 후에 마을에서 이상한 소문이 돌았다고. 그 딸이 죽은, 보름달이 뜬 밤에 수장의 집에서 분명히 갓난아기의 울음소리가 들렸대. 하루는 실제로 그 소릴 들었다는 마을 사람과 만났다고 했어. 그 사람이 비밀스럽게 말해 주었대. '그 집 딸은 늑대신과의 사이에서 아이를 낳은 겁니다. 죽기 전에 말이지요.'라고."

아카리는 무심코 고개를 들어 할머니를 봤다. 미즈키도 탁자 너머의 할머니를 날카로운 눈초리로 보고 있었다. 이번에도 할머니의 눈에는 뭔가에 홀린 듯한 신비로운 빛이 깃들어 있었다. 할머니는 입가에 희미한 미소를 띠며 말했다.

"아까 말했지? 달빛 마을에는 옛날부터 그런 설화가 많이 전해 내려왔다고. 아름다운 딸이 늑대신의 아내가 되면 인간인 딸과 늑대신 사이에 아이가 태어난다는 이야기도 있어."

할머니가 탁자 앞으로 살며시 몸을 내밀었다.

"그리고 인간과 늑대신 사이에서 태어나는 아이는 쌍둥이래."

그 순간 아카리와 미즈키는 서로를 힐끗 봤다. 할머니가 다시 이야기하기 시작했다.

"그 아이들은 어둠 속에서도 앞을 볼 수 있는 늑대의 눈을 갖고 있다는구나. 또 인간에게는 없는 다른 능력도 지니고 있고. 게다가 항상 늑대신의 보호를 받고 있어서 결코 그들의 뜻을 거스르면 안 된대."

심장이 쿵쿵 뛰었다. 온몸의 혈관이 꿈틀거리고 등줄기엔 식은땀이 흘러내렸다.

'늑대의 눈을 가진 쌍둥이! 늑대신의 딸!'

머릿속에서 소용돌이치는 그 말을 떨쳐내듯 아카리가 외쳤다.

"거짓말! 그 이야긴 설화일 뿐이잖아요. 죽은 사람을 되살리는 제례? 늑대신과 인간 사이에 태어난 아이? 그런 건… 그런 건 있을 수 없어요!"

할머니가 뭔가 말하려는데 미즈키가 먼저 굳은 표정으로 말했다.

"신관이 남긴 장부는 어떻게 됐죠? 제례 비망록은 어떻게 처리하셨어요?"

할머니는 눈을 가늘게 뜨고는 '후.' 하고 가볍게 숨을 내뱉으며 말했다.

"태워 버렸단다. 그게 부탁이었으니까."

미즈키는 천천히 확인하듯 물었다.

"다른 사람들은 뭐라던가요? 영양사와 관리인도 그 마지막 제례에 참여했잖아요. 정말로 혼을 소환하는 제례가 있었대요? 수장의 아들이 살아 돌아온 걸 봤다고 하던가요?"

할머니는 순간 입을 다물고 미즈키를 보더니 조용히 고개를 저었다.

"아니, 그 사람들은 아무것도 모르더구나. 관리인은 '파수꾼'으로 제례를 하는 동안 절 밖에서 망을 보는 역할을 했어. 파수꾼은 사당에서 일어나는 제례에 관해선 아무것도 알 수 없대. 영양사는 신이 내리는 동안에 일어나는 일은 아무것도 기억하지 못한다고 했어. 무녀는 항상 그렇대. 신탁을 받을 때는 항상."

할머니의 말이 끝나기도 전에 미즈키가 입을 열었다.

"아무것도 남아 있지 않은 거죠? 14년 전 달빛 마을에서 실제로 어떤 일이 있었는지 증명할 수 있는 건 아무것도 없는 거죠? 제례에 대해 아는 사람은 없고, 그걸 기록한 장부는 불태워졌고, 마을은 호수 밑에 잠겨 버렸잖아요. 달빛 마을에서 제례를 지낸 남자아이가 되살아나고 제례 때 제물로 바쳐진 딸이 늑대신의 아이를 낳았다니…. 그런 일이 정말로 일어났다는 증거는 하나도 없는 거잖아요."

할머니의 얼굴에 묘한 미소가 번졌다. 그때 다시금 강한 바람이 숲을 훑고 지나가고 매미들이 일제히 울음을 멈추었다. 바람이 지나가고 나자 나무들도 잠잠해졌다. 마치 산 전체가 할머니의 말에 귀를 기울이는 것처럼.

"증거는 내 눈앞에 있어."

아카리는 소스라치게 놀라 자기도 모르게 미즈키와 눈빛을 주고받았다. 탁자 너머에서 할머니가 천천히 말하기 시작했다.

"비망록을 읽고 손자한테 들은 이야기를 떠올렸을 때, 난 마지막 제례가 진짜로 치러졌을 거라고 생각했어. 아니 치러졌다고 믿었어. 14년 전 달빛 마을에서 아들이 되살아나고 그 집 딸이 늑대신의 아내가 되어 아이를 낳은 거라고 믿었지. 난 그 아이들을 찾기로 결심했어. 나에겐 그 쌍둥이만이 유일한 희망이었으니까. 그 아이들의 존재야말로 제례가 있었고 늑대신의 힘이 진짜라는 강력한 증거니까."

할머니는 잠시 말을 멈추고 뭔가 떠올랐는지 회상하는 듯이 눈을 가늘게 떴다.

"그 아이들에 관한 단서를 찾던 중에 문득 보호 시설에서 신관을 돌봐 주던 간병인의 이야기가 생각났어. 간병인은 신관이 참 별난 분이라고 했어. 마치 아기를 무서워하는 것 같았대. 면회 온 사람이 아기를 데려오던 겁먹은 듯이 매번 똑같은 말을 했대. '저 아기가 그 아기인가? 저 아기한테 달의 표식이 있나?'라고."

할머니는 다시 아카리와 미즈키를 뚫어지게 바라봤다.

"위탁 아동의 조건에 달과 관련 있는 단서를 추가한 건 그 때문이었어. 육감이라고 해야 할까. 그의 이상한 행동은 분명히 신의 아이들과 관련이 있을 것 같았어. 그리고 달이 들어간 이름의 너희들을 찾아낸 거야."

아카리와 미즈키는 또다시 서로를 힐끗 바라봤다. 할머니가 계속해서 말했다.

"만약 쌍둥이를 찾지 못한다면 난 모든 걸 포기할 생각이었어. 하지만 너희를 찾은 거야."

희미하게 빛나는 할머니의 눈빛이 미즈키에게 향했다.

"보육원 분들이 말해 줬어. 넌 밤에도 볼 수 있다고. 어렸을 때부터 감이 무척 뛰어나서 인터폰이 울리기 전에 현관 밖에 누가 왔는지 안다고 하던데? 그것뿐만이 아니야. 네 주변에서는 종종 사고가 일어난다더구나. 널 괴롭히거나 놀리면 상대방은 다치게 된다지."

할머니가 미즈키의 눈을 들여다봤다.

"대답해 보렴. 네 눈은 밤에 푸르게 빛나지? 물려받은 남다른 능력이 있고, 그들의 보호를 받고 있는 거야. 그렇지?"

미즈키는 고개를 숙인 채, 아무 말도 하지 않았다. 할머니는 이번에는 아카리 쪽으로 고개를 돌렸다.

"넌 어때? 네 눈도 밤에 푸르게 빛나지 않니? 넌 어떤 힘을 물려받았지? 거대한 힘이 널 지켜 주고 있다고 느낀 적은 없니?"

아카리도 대답하지 못했다. 침묵을 지키는 둘을 향해 할머니가 말했다.

"대답하지 않아도 괜찮아. 너희는 특별하니까. 달이 들어간 이름도, 어둠 속에서 푸르게 빛나는 눈도, 수장의 딸과 꼭 닮은 생김새도, 그 모든 것이 증거니까…."

할머니는 아카리와 미즈키의 얼굴을 번갈아 뚫어지게 보더니 입가에 미소를 띠었다.

"너희는 둘이 무척 닮았다는 걸 알고 있니?"

의외의 말에 아카리는 고개를 들어 미즈키를 봤다. 미즈키와 자기 얼굴이 닮았다는 생각은 한 번도 해 보지 못했다. 하지만 할머니는 말했다.

"너희는 무척 닮았어. 특히 고개를 숙이고 있는 모습은 나도 모르게 흠칫 놀랄 만큼 닮았어. 게다가 귀와 이마의 생김새, 그리고 손톱 모양까지도. 한번 비교해 봐. 무척 닮았으니까. 너희가 자매라는 사실은 보자마자 알았단다."

아카리와 미즈키는 이상한 기분에 사로잡혀 서로를 바라봤다.

할머니가 부드러운 목소리로 말했다

"이제 눈치챘으려나? 내가 너희를 찾은 이유는 바로 한 번 더 혼을 소환하는 제례를 치르기 위해서야. 손자를 되살릴 거거든. 도와주겠니?"

아카리는 멈칫하더니 조심스럽게 되물었다.

"도와주다니요?"

할머니는 망설임 없이 대답했다.

"너희도 혼을 소환하는 제례에 함께해 주었으면 해. 안도 집안의 피를 잇는 입회인으로서."

이번에는 미즈키가 물었다.

"입회인은 뭘 하는 거죠?"

"기본적으로는 말 그대로 제례에 참석하면 돼."

할머니는 둘을 보며 말했다.

"다만 혼을 소환하는 제례를 지낼 때는 특별히 입회인이 해 줘야 할 일이 있어. 무녀의 몸에 늑대신이 내려오실 때까지 신을 맞이하는 돌 피리를 불어야 해."

"돌 피리요?"

아카리가 물으면서 미즈키와 눈빛을 나눴다. 할머니가 불안해 보이는 둘을 안심시키려는 듯 말했다.

"대단한 연주를 하라는 건 아니야. 소리가 나게 불고 있기만 하면 돼. 신을 맞이하기 위한 돌 피리는 오카리나랑 비슷한 간단한 악기야. 그 피리에 바람을 불어넣어 소리가 나면, 피리 소리에 이끌려 늑대신이 내려오실 거야. 그 역할을 너희 둘이 해 줬으면 해."

"하지만…."

미즈키가 머뭇거리며 말했다. 아카리는 미즈키의 말을 가로막고, 강한 어조로 할머니에게 말했다.

"만약 혼을 소환하는 제례가 정말로 달빛 마을에서 열렸다고 해도, 만약 정말로 죽은 남자아이가 살아 돌아왔다 해도, 그런 일은 하면 안 되는 거였어요. 그런 걸 했기 때문에 안도 집안 사람들이 모두 죽은 거라그요. 생명의 이치를 거스르는 짓은 절대로 하면 안 돼요."

아카리의 마음속에 죽은 할아버지의 웃는 얼굴이 떠올랐다. 할아버지가 돌아가셨을 때의 그 가눌 길 없는 슬픔과 고통이 되살아나 가슴을 옥죄었다. 하지만 아카리는 할머니를 향해 계속해서 말했다.

"할아버지는 말씀하시곤 했어요. 인간이 태어나는 것은 기적이지만 누구나 죽게 된다고. 살아 있는 것이 죽는다는 건 자연스러운 일이라고. 그러니까 아무리 슬프고 괴로워도 사람은 그 섭리를 받아들여야 한다고. 난 받아들였어요. 아니 받아들일 거예요. 사랑하는 할아버지의 죽음이라 해도. 할머니도 그렇게 하셔야 해요."

할머니는 조용히 아카리를 바라봤다.

"나는 소중한 사람을 두 번이나 잃었어."

감정이 실리지 않은 목소리로 할머니가 말했다.

"단 하나뿐인 딸은 마치 자기 목숨과 맞바꾸듯 손자를 낳고 곧 세상을 떠났어. 난 딸 대신 손자를 훌륭하게 키우겠다고 죽은 딸에게 맹세했지. 그런데 내가 손자를 죽게 했어."

할머니의 목소리가 희미하게 떨리는 것 같았다.

"그 아이가 죽은 건 나 때문이야."

아카리와 미즈키는 흠칫 놀라 숨을 삼켰다. 할머니는 습기를 가득 머금은 숲에서 불어오는 바람을 들이마시며 마음을 가라앉히고 다시 이야기를 이어 나갔다.

"사고가 있던 날 밤에 난 하루와 심하게 다퉜어. 원래 그날 밤 그 아이의 친구가 별장에 오기로 했었는데, 저녁 식사 자리에서 갑자기 하루가 깜짝 놀랄 만한 이야길 꺼냈지. 놀러 오기로 한 친구가 외국인 아가씨인데 그 사람과 결혼하고 싶다는 거야. 난 화를 냈어. 아주 심하게 화를 냈지. 그런 결혼은 허락할 수 없다고 했어. 태생도 모르는 외국인과 내 소중한 손자를 결혼시킬 수는 없다고. 별장에 데려와도 만나지 않을 거라고. 그런 여자를 이 집에 들여놓을 생각도 없다고. 그래서 하루가 나간 거야. 그리고 바로 사고로 목숨을 잃고 말았지."

아카리도 할머니의 가슴속에서 흘러넘치는 슬픔이 보이는 것 같았다. 미즈키 같은 특별한 능력은 없지만 자기도 느낄 수 있을 정도로 슬픔은 깊고 강렬했다.

"만약 내가 하루에게 그런 말을 하지 않았다면 그 아이는 집을 뛰쳐나가지 않았을 거야. 약속 시간에 그 아가씨를 데리러 갔다면 내 손자는 사고를 당하지 않았겠지. 나 때문에 죽은 거야. 내가 그 아일 죽인 거야."

할머니가 말을 마쳤지만 주위를 감도는 슬픔은 사라지지 않았다. 아니, 침묵으로 인해 오히려 더 짙어지는 것 같았다.

가슴이 답답해진 아카리는 작게 숨을 내뱉었다.

"손자의 장례식에서 그 아가씨를 만났어."

할머니가 다시 입을 열었다.

"아주 멋진 아가씨였어. 수업을 같이 들으며 알게 됐다고 하더구나."

할머니는 그 아가씨를 떠올렸는지 입가에 미소를 지었다.

"아름답고 지혜롭고 의지가 굳은 사람이었어. 하루가 좋아할 만한 사람이었지. 나는 나를 더 용서할 수 없었어."

미소가 사라지고 다시 깊은 슬픔이 할머니를 감쌌다. 주름이 팬 얼굴은 갑자기 나이를 몇 살 더 먹은 듯 보였다.

"내가 하루를 믿었다면 그 아이는 죽지 않았을 거야. 내 탓이야. 하루를 죽음으로 내몬 건 나야. 그 아이는 죽으면 안 되는 거였어. 죽지 않아도 되는 거였어. 그래서 혼을 소환하는 제례로 되살리려는 거야."

슬픔에 마음을 빼앗긴 채 또다시 뭔가에 홀린 듯한 할머니의 눈에 검푸른 빛이 깃들었다. 할머니는 탁자 앞으로 몸을 내밀고, 아른아른 흔들리는 나뭇잎 사이로 비치는 햇살 속에서 다시 한번 간절한 마음을 담아 부탁했다.

"힘을 빌려주렴. 만약 손자를 되살릴 수만 있다면 난 모든 걸 잃어도 괜찮아. 부탁이야. 혼을 소환하는 제례에 힘을 빌려주겠니? 알고 있겠지? 너희를 찾아냈을 때부터 일은 시작됐어. 뒤로 되돌릴 수는 없어. 너희는 늑대신이 존재한다는 증거니까, 그러니까 제발 나에게 힘을 빌려주렴."

아카리는 아무런 대답도 할 수 없었다. 바람이 잔잔해지고 매미들이 다시 울기 시작했다. 이 산 어딘가에서 신이 지켜보고 있는 것만 같았다.

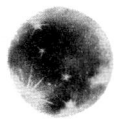

 할머니는 보름달이 뜨는 밤에 혼을 소환하는 제례를 거행할 거라고 했다. 달빛 마을에서는 예로부터 혼의 소환을 보름달이 뜨는 밤에 했다고 한다.
 보름달을 기다리는 열흘 남짓 동안 기즈키와 아카리는 초조한 마음으로 하루하루를 보냈다. 둘이 있으면 달빛 마을과 안도 집안 사람들, 할머니, 그리고 다가오는 제례에 관해 이야기했다.
 "사당에 있는 돌계단에서 날아갔을 때 우리가 본 사람이 수장의 딸이겠지? 그 사람이 우리 엄마인 거지?"
 아카리의 말에 미즈키는 고개를 끄덕였다. 아카리는 자신과 관련 있는 장소로 날아간다. 그곳에는 아카리를 강하게 끌어당기는 무언가가 존재했다는 이야기다. 분명 그녀였을 것이다. 뱃속에는 미즈키와 아카리가 자라고 있었던 것이다.

태어나기 전의 자신들과 열네 살의 자신들은 결코 동시에 존재할 수 없다. 그래서 미즈키와 아카리가 엄마와 마주치려는 순간 튕겨 나온 것이다.

하지만 아주 잠시 잠깐 그날 밤에 엄마와 같은 어스름 속에 있었다. 손을 뻗으면 닿을 곳에 엄마가 있었다고 생각하니 마음이 아려 왔다. 미즈키는 문득 사당으로 이어진 돌계단에서 영양사가 한 말을 떠올렸다.

'넌 늑대신의 제물이니까!'

그 말은 미즈키가 아니라, 미즈키와 닮은 엄마…에게 한 말이 아닐까?

"엄마는 우리가 자기 목숨보다 소중하다고 했어."

갑작스레 아카리가 물었다.

"그런데 왜 버린 거지?"

"아니, 엄마는 우릴 지키려고 한 거야. 틀림없어."

미즈키는 곧바로 대답했다. 미즈키도 몇 번이나 그 질문을 자기 자신에게 해 왔으니까. 아카리는 아무 말 없이 미즈키를 봤다. 미즈키가 이어서 말했다.

"만약 자기 딸이 늑대신의 아이를 낳는다면 수장이 어떻게 했을까? 수장은 아마 신을 무척 원망하고 있었을 거야. 되살아난 아들의 목숨을 다시 빼앗아 갔으니까. 엄마는 자기 목숨이 얼마 남지 않았다는 걸 알았을지도 몰라. 늑대신의 아내가 된 자신이 집으로 돌아가면 결국 죽는다는 것을…. 아이를 낳고 딸이 죽으면 수장은 신을 더 크게 원망했겠지. 아들뿐 아니라 딸의 목숨마저 거두어 갔다면서. 그런 신의 아이들을 수장이 가만둘 리 없다고 생각한 거야. 그래서 몰래 자기 아이들을 안전한 곳으로 보낼 방법을 찾은 거지. 목숨이 다하기 전에 신관에게 부탁한 거야."

미즈키의 이야기가 끝나자 아카리는 살며시 고개를 끄덕였다.

"나도 그렇게 생각했어."

"너도?"

미즈키가 묻자 아카리는 고개를 크게 끄덕였다.

"응. 하지만 똑똑한 네 의견이 듣고 싶었어. 너도 나와 똑같이 생각할지 궁금했거든. 우리 생각이 같아서 다행이야. 이제 확신할 수 있어. 엄마는 우리가 필요 없어서 버린 게 아니야. 목숨 걸고 우리를 낳았고 끝까지 지키려고 했어."

둘은 이제 두 번 다시 만날 수 없는 엄마를 생각하며 잠시 침묵을 지켰다.

다시 아카리가 입을 열었다.

"엄마는 우리를 직접 옮길 수 없어서 쿠도 씨에게 부탁해 우리를 절에 데려다 났잖아. 왜 그녀였을까? 게다가 쿠도 씨는 그 제례에 대해서는 아무것도 기억나지 않는다고 했다며? 우릴 절에 데려다 놓은 건 기억하겠지?"

미즈키는 골똘히 생각하고는 대답했다.

"엄마는 우릴 신관에게 보낸 걸 아무한테도 들키고 싶지 않았을 거야. 그러니 가족에게는 부탁할 수 없지 않았을까? 쿠도 씨는 그 제례에 참여한 관계자이기도 하니까 신관을 설득했듯이 도와 달라고 부탁하기 쉬웠을 거야. 아니면 늑대신의 힘이 쿠도 씨를 움직였을지도…."

"늑대신의 힘?"

아카리는 놀란 듯이 미즈키를 봤다.

"그래. 그때 엄마가 신관한테 말했잖아. '제 부탁은 늑대신의 부탁이니까요.'라고. 쿠도 씨는 무녀잖아. 신탁에 따라 우리를 신관이 머무는 곳에 데려다 놓았다고 하면 기억하지 못할 수도 있어."

아카리가 눈썹을 찡그렸다.

"정말로 그런 일이 가능할까? 우리가 신의 아이라는 게 믿어져?"

"모르겠어."

미즈키는 주저하듯 힘없이 고개를 흔들었다.

"우리가 늑대신의 아이라는 말도, 신의 존재도, 믿어야 할지 말지 모르겠어. 하지만···."

"하지만 뭐?"

미즈키는 이렇게 묻는 아카리의 얼굴을 물끄러미 응시하다가 대답했다.

"하지만 엄마는 믿어. 그 사람은 우리와 같은 냄새가 났어. 그때 절에 있던 사람은 틀림없이 우리 엄마야. 엄마는 달빛 마을에 살았어. 지금은 호수 밑에 가라앉은 마을에서 태어나 자라고 가족과 함께 살았어. 그런 엄마가 자신을 신의 아내라고 한다면 그건 믿을 수 있을 것 같아."

미즈키가 입을 다물었다. 아카리는 한참 동안 지그시 미즈키를 바라봤다. 아카리는 가볍게 고개를 끄덕였다.

"맞아. 나도 그 사람이 우리 엄마라는 건 믿어. 네가 아주 똑같이 생겼거든. 그보다 더한 증거는 없을 거야. 그래, 엄마는 달빛 마을에서 태어났어. 그 마을에서 쭉 살았던 거야."

아카리의 입가에 미소가 떠올랐다.

"엄마는 어떤 사람이었을까? 너처럼 문학소녀였을까? 아니면 나처럼 운동을 잘했으려나? 다음에 변호사한테 물어봐야겠다. 변호사도 달빛 마을 출신이니까 엄마를 알겠지?"

아카리는 갑자기 말을 멈추고 진지한 표정을 지었다. 그러더니 화난 목소리로 말했다.

"그렇지만 혼을 소환하는 제례라니 그런 건 절대로 하면 안 돼!"

미즈키도 마음속으로는 그렇게 생각했다. 제례를 마친 후에 기다리고 있는 것은 해피엔딩이 아니라 더 커다란 슬픔일 것 같은 예감이 들었다.

"하지만…."

미즈키가 말했다.

"우린 할머니를 멈출 수 없어. 할머니는 마치 슬픔에 심장을 빼앗긴 사람 같아."

아카리가 미즈키의 말에 눈을 깜빡거렸다. 미즈키는 조용히 말했다.

"14년 전에 신관인 사토 씨가 수장을 막을 수 없었던 것처럼 우리도 할머니를 멈출 수 없을 거야. 할머니가 말했잖아. 우릴 찾아냈을 때부터 일은 시작된 거라고. 뭔가 커다란 힘이 이미 움직이기 시작한 거야. 우린 그 힘을 멈출 수 없어. 분명히 할머니도 멈출 수 없을 거야."

미즈키는 천천히 숨을 들이마시고는 진지한 표정으로 다시 말했다.

"너도 알고 있지? 그 제례를 피할 순 없어. 설령 그 앞에 슬픈 결말이 기다리고 있다 해도…."

말이 없는 아카리 옆에서 미즈키는 무거운 공기를 살며시 들이마셨다. 별장을 감싸는 슬픔의 냄새가 조금 더 진해진 것 같았다.

할머니는 두 사람과 달리 보름달을 기다리는 동안에도 평소와 비슷해 보였다. 매일 아이들과 밥을 먹고 회사에 나갔다. 쉬는 날에는 방에서 책을 읽거나 TV를 보기도 했다. 가끔은 방에서 나와 미즈키와 아카리를 데리고 산책하러 나갔다. 대개 태양이 서쪽 산마루로 넘어가고 숲에 시원한 바람이 불어오기 시작하는 저녁 무렵에 셋이서 별장 뒤쪽 숲으로 향했다.

한번은 쓰르라미가 울어 대는 숲속에서 할머니가 식나무를 가리킨 일이 있다.

"저것 좀 봐."

미즈키와 아카리가 할머니가 가리키는 곳을 보니, 막 땅속에서 나온 매미 유충이 식나무를 타고 위로 올라가고 있었다. 등에 흙이 묻은 유충은 두꺼운 잎사귀에 다다르자 움직임을 멈췄다. 옅은 보랏빛 어둠 속에서 몸을 웅크린 유충을 미즈키와 아카리, 할머니는 함께 숨죽여 지켜보았다. 해 질 녘 쓰르라미의 울음소리는 바람을 일으켜 숲속으로 보냈다가 다시 불러들였다. 숲속을 감싸는 어둠이 조금씩, 조금씩 짙어져 갔다.

드디어 흙이 묻은 등의 껍질을 가르고, 하얀 요정과도 같은 한 마리의 매미가 모습을 드러냈다. 그 순간 세 사람이 터트린 감탄이 땅거미가 내려앉은 숲속에 울려 퍼지는 것만 같았다.

소나무 가지 사이 무당거미 집에 걸린 조그마한 흰 나방을 발견했을 때는 아카리가 어렸을 적 이야기를 꺼내놓았다.

"난 어렸을 때 거미줄에 걸린 벌레를 구출하는 데 푹 빠져 있었어. 거미줄에 걸린 벌레를 발견하면 나무 막대기로 거미줄을 부수고 벌레를 도망가게 해 줬지."

"참 독특한 취미가 있었네."

미즈키가 말했다.

"하지만 그건 할아버지가 들려준 〈거미줄〉 이야기를 듣고 소스라치게 놀란 뒤로 그만뒀어. 거미를 구해 준 도둑이 지옥에 떨어졌을 때 거미가 거미줄로 도둑을 구해 주려고 하잖아. '앗! 어떡해! 거미가 날 싫어하겠어! 이러다간 지옥에 떨어졌을 때 날 도와줄 거미가 한 마리도 없으면 어쩌지.' 하면서 얼마나 걱정했는지 몰라."

처음으로 할머니가 소리 내 웃었다. 재미있다는 듯이 환하게 웃었다. 그 웃음은 잠긴 방에 있는 사진 속 그 시절의 할머니를 떠올리게 하는 진짜 웃음이었다.

웃음이 가라앉자, 할머니는 하얗고 가느다란 손가락으로 살며시 거미줄 위에서 버둥거리는 작은 나방을 잡아 숲속에서 불어오는 바람 속으로 놓아주었다. 그러고는 또다시 입가에 환한 미소를 띠며 말했다.

"도둑이 매달린 거미줄은 부처님이 뚝 끊어 버리는걸. 거미를 믿어 봐야 소용없다는 말씀."

달은 서서히 차올랐다. 보름달이 뜨기 일주일 전부터 제례를 위한 준비가 시작됐다.

먼저 식탁에서 고기류가 싹 사라졌다. 소고기, 돼지고기, 닭고기, 심지어는 생선까지 모두. 몸과 마음을 정결하게 가다듬기 위한 채소 요리만 나왔다. 그날부터 할머니는 매일 미즈키와 아카리를 데리고 아침저녁으로 두 번씩 망월산 꼭대기에 있는 사당에 들렀다. 회사에 가야 하는 날에도 출발하기 전에 꼭 들러서 절을 하고, 날이 저물기 전에 돌아와 다시 한번 사당에 가서 절을 했다. 그것이 하루의 일과였다.

변호사도 일주일 전부터 별장에 와서 묵었다. 미즈키에게 변호사는 여전히 감정의 냄새를 전혀 맡을 수 없고 종잡을 수 없는 사람이었지만, 그런 변호사도 마찬가지로 몸과 마음을 정결하게 가다듬기 위한 요리만 먹고 매일 꽤 오랜 시간을 사당에서 보냈다. 아침저녁으로 세 사람이 망월산의 돌계단을 올라가면 사당에서 변호사가 읊는 기도문 소리가 들려오기도 했다.

영양사와 관리인도 제례를 위해 매일 목욕하고 몸가짐을 조심하고 있다고 할머니가 말해 주었다.

그 후로 비는 내리지 않았다. 쨍쨍 내리쬐는 한여름의 뙤약볕 아래, 호수의 수위가 조금씩 내려갔다. 호수 밑바닥에 잠들어 있는 마을이 14년 전의 비밀과 함께 자신들 앞에 모습을 드러내려는 것만 같았다.

멈출 수 없는 채로 달이 차고, 멈출 수 없는 채로 시간이 흘러갔다. 이윽고 그날이 찾아왔다.

아침부터 구름이 온 하늘을 뒤덮었다. 이따금 가는 햇살이 내려왔지만 해는 자취를 감췄다. 여느 때 같으면 산골짜기를 타고 불어오던 바람도 가만가만 숨죽이고 있었다. 무거운 공기가 감돌고 우듬지도 잠든 듯 고요했다. 어째서인지 매미도 울지 않았고 새들도 지저귀지 않았다.

제례가 끝날 때까지 아무것도 먹을 수 없다고 했다. 아침밥 대신 미지근한 물을 마시고 찬물로 씻은 후에 준비해 둔 옷으로 갈아입었다.

"입회인은 특별히 정해진 의상이 없어. 신을 뵙기에 적절한 옷이면 된다고 해서 단정한 원피스를 준비했단다."

부드러운 실크 원단의 원피스는 단아한 분위기를 자아냈다. 어깨 부분이 봉긋한 소매는 여유 있게 팔을 감쌌다. 깔끔하게 퍼지는 치맛자락은 복사뼈가 살짝 보일락 말락 한 곳까지 길게 내려왔다. 은은하게 빛나는 검은 원피스를 아카리가, 눈부시게 빛나는 하얀 원피스를 미즈키가 입었다.

할머니는 물풀 무늬의 검은색 의복에 흰색 띠를 둘렀다.

평소 헐렁한 청바지에 이상한 영문이나 귀여운 그림이 들어간 티셔츠를 즐겨 입던 아카리가 원피스를 입은 모습을 본 미즈키는 깜짝 놀라 마음속으로 중얼거렸다.

'닮았어. 수장의 부인과 닮았잖아. 아카리는 할머니를 닮았구나.'

수장의 부인을 무심코 할머니라고 불렀다는 사실을 깨달은 미즈키는 그 생각을 떨쳐 내려는 듯 가볍게 머리를 흔들었다.

"왜 그래?"

미즈키는 의아한 얼굴로 자신을 바라보는 아카리에게 어깨를 으쓱해 보이며 말했다.

"아무것도 아니야."

그날 아침, 옷을 갖춰 입고 사당에 도착하자 할머니는 미즈키와 아카리를 안으로 들어오게 했다. 신발을 벗고 들어가니, 제단 앞에 의관을 갖춰 입은 변호사는 이제 신관이 되어 미즈키와 아카리를 등지고 앉아 있었다.

미즈키와 아카리가 할머니를 따라 바른 자세로 앉았다.

신관은 제단을 향해 두루마리를 펼쳐 또랑또랑한 목소리로 기도문을 읊었다.

"높고 높은 천상국에 머물고 계신 신령하고 영묘하신 신이시여, 하늘의 신과 땅의 신에게서 태어나 천지 만물을 창조한 천지개벽의 신이시여, 성스러운 땅에 내려오시어 모든 것을 맑고 깨끗하게 씻어내는 정화의 신이시여, 온갖 재앙과 죄악과 부정을 깨끗하게 씻어내 주시고, 맑은 기운이 스며들게 하여 주시옵소서. 삼가 말씀 올리나니 천상의 신과 지상의 신, 뭇 만신들이시여, 신성한 천상의 온갖 귀를 쫑긋 세워 귀 기울여 들어주시기를 바라옵나이다."

신관은 기도문을 읊은 뒤 뒤돌아서 반듯이 앉아 있는 세 사람에게 가볍게 머리를 숙였다. 이에 할머니가 머리를 숙이자 미즈키와 아카리도 따라서 천천히 고개를 숙였다. 신관은 정화 의식에 쓰이는 종이 다발을 세 사람의 머리 위로 흔들었다. 아침 의식이 끝났다는 신호인 듯했다.

신관이 할머니를 향해 한 번 더 고개를 숙이면서 낮은 목소리로 말하는 소리가 들렸다.

"오늘 달이 뜨는 시각에 뵙겠습니다."

미즈키와 아카리, 할머니는 일단 사당에서 나와 돌계단을 내려가 별장으로 돌아갔다.

"달이 뜰 때까지 각자의 방에 들어가 조용히 기다리렴.

시간이 되면 알려 줄 테니까."

할머니는 이 말과 함께 몇 가지 금지 사항을 단단히 일러 주었다.

오늘은 냉장고에 있는 주스나 차를 꺼내서 마시면 안 된다는 것. 제례를 마칠 때까지 TV를 보는 것도, 책을 읽는 것도 안 된다는 것. 달이 뜰 때까지 각자의 방에서 나오면 안 된다는 것.

미즈키와 아카리는 할머니의 말대로 각자의 방에 들어가 하릴없이 달이 뜨길 기다렸다.

그날 요코 아주머니는 별장에 오지 않았다. 아침부터 영양사의 모습도 보이지 않았다.

그러고 보니 보름달을 기다리는 열흘 동안 관리인의 수수께끼가 하나 풀렸다. 좀처럼 모습을 드러내지 않는 관리인은 산장같이 생긴 초소에서 지낸다는 것을 알아냈다. 별장으로 들어오는 길 입구에 설치된 차단기 옆에 있는 곳이었다.

별장은 고요했다. 시간은 누름돌르 단단히 눌러놓기라도 한 듯 아주 천천히 흘러갔다. 밖에는 잔잔한 바람이 불고 있었다. 숲속의 나무들은 은빛으로 잔잔하게 빛나는 하늘 아래에서 불안하다는 듯 몸통을 비틀어 댔다.

"미즈키! 미즈키!"

발코니에서 아카리의 목소리가 들려왔다. 미즈키가 놀라

서 창문을 열고 밖을 내다보니, 아카리가 옆 발코니 난간에 기대 손을 흔들었다.

"달은 몇 시쯤 뜰까?"

소곤소곤 작은 목소리로 묻는 아카리를 보며 미즈키는 눈썹을 찡그렸다.

"방에서 나오면 안 된다고 했잖아."

"뭐, 여긴 괜찮겠지. 발코니는 방에 포함되는 거잖아. 여기도 방의 일부라고."

아카리는 억지소리를 천연덕스럽게 내뱉고는 우울해 보이는 하늘을 올려다봤다.

"달이 뜨려나? 왠지 비가 내릴 것 같아. 비가 와도 하는 걸까? 아니면 중지하려나?"

미즈키도 덩달아 하늘을 올려다봤다.

"아마 멈추진 않을 거야. 다음 보름달까지 기다리려면 한 달은 있어야 하니까."

"있잖아."

아카리는 목소리를 한층 더 낮추고 몸을 앞쪽으로 살짝 내밀었다.

"어떻게 될 것 같아? 오늘 밤에 우리에게 무슨 일이 일어날까?"

"모르겠어…."

미즈키는 고개를 숙이고는 가로 저었다.

"미즈키."

아카리가 이름을 부르자 미즈키는 고개를 들었다. 아카리가 진지한 표정으로 미즈키를 보고 있었다.

"내 옆에 꼭 붙어 있어. 무슨 일이 벌어질지 모르겠지만 만약 위기가 닥치면 난 틀림없이 어딘가로 날아갈 거야. 너도 함께 위기를 피할 수 있게 내 옆에 꼭 붙어 있어야 해."

미즈키는 눈을 깜빡이고는 아카리를 봤다.

"날아간 곳이 생각지도 못한 곳이라면 위기를 벗어났다고 장담할 순 없겠지만 그래도…."

미즈키는 씽긋 웃으며 말했다.

"알았어. 고마워."

어느덧 시간이 흘러 저녁 5시 30분이 지났을 무렵, 할머니가 미즈키와 아카리를 부르러 왔다.

"이제 시간이 됐어. 나가자꾸나."

할머니가 달은 6시 32분에 뜬다고 알려 주었다. 그리고 달이 뜰 때 사당에 들어가야 한다고 했다.

하늘은 여전히 구름이 뒤덮고 있었다. 달은 보이지 않았다. 그렇지 않아도 이 일대에는 달이 다른 곳보다 늦게 모습을 드러낸다. 달이 떠오르는 동쪽 하늘을 망월산이 가리고 있기 때문이다.

해는 아직 산마루에 걸려 있었지만 두꺼운 구름 탓인지 사방이 꽤 어두웠다. 산은 어슴푸레한 어둠과 고요한 숲을 감싸고는 잔뜩 웅크리고 있었다. 셋은 황혼 녘의 숲속을 지나 사당으로 이어진 돌계단을 올라갔다.

돌계단 꼭대기에 누군가가 서 있었다. 앞을 가로막듯이 우뚝 서 있는 커다란 그림자. 가까이 다가가 보니 관리인이었다. 입구 앞에 서 있는 관리인은 두 손으로 엽총을 꽉 쥐고 있었다.

머리를 숙여 인사하는 관리인에게 할머니가 말했다.

"수고가 많으세요. 오늘 잘 부탁드립니다."

관리인은 오늘 밤, 사당 밖에서 파수꾼의 임무를 수행할 것이다.

사당 몇 걸음 앞에서 멈춰 선 할머니는 손목시계를 확인했다. 사당에 들어갈 정확한 시간을 계산하는 듯했다. 사당의 미닫이문에서는 은은한 불빛이 새어 나오고 있었지만 소리는 하나도 들리지 않았다. 할머니가 미즈키와 아카리 쪽으로 돌아서서 작게 말했다.

"지금부터 사당에 들어가면 제례가 끝날 때까지 아무 말도 하면 안 돼. 잊지 마."

미즈키와 아카리는 고개를 끄덕였다.

"들어가면 너희는 입구 오른쪽에 준비해 둔 의자에 앉아.

의자 앞 작은 탁자에 돌 피리가 두 개 있을 거야."

불안한 표정으로 얼굴을 마주 보는 둘을 안심시키려는 듯 할머니가 말했다.

"그냥 불어서 소리만 내면 돼. 곡을 연주하려고 하지 않아도 되니까 돌 피리를 계속해서 불어 주렴. 사당에 들어가 자리에 앉으면 돌 피리를 들고 기다려 줘. 신관이 기도문을 읊고 신을 맞이하기 위한 의식을 행하는 모습을 보고 있다가 종이 다발을 흔들면 그걸 신호로 피리를 불기 시작하면 돼. 계속 같은 소리를 내도 괜찮으니까 소리가 끊어지지 않게 조심해 줘. 힘들면 교대로 쉬어도 괜찮지만 소리가 멈추지 않게 해야 해. 할 수 있겠지?"

그 말은 질문이라기보다는 명령에 가까웠다. 미즈키와 아카리는 한 번 더 서로를 마주 보고 자신 없는 표정으로 고개를 끄덕여 보였다.

할머니는 손목시계를 들여다보며 다시금 시각을 확인했다. 이제 시간이 된 모양이다.

"자, 들어가자. 절대로 입을 열지 않도록 조심하고."

할머니는 이렇게 말하고 사당 쪽으로 걸어갔다. 미즈키와 아카리도 그 뒤를 따랐다.

할머니가 천천히 미닫이문을 열자 제일 먼저 정면의 제단에 켜져 있는 촛불이 눈에 들어왔다. 타오르는 불꽃이 가운데에 놓여 있는 거울에 반사되어 반짝거렸다.

입구 왼쪽 벽을 비스듬히 등지고 제단을 향해 앉아 있는 무녀는 영양사 쿠도 씨였다. 주름진 주황색 바지를 입은 무녀는 무릎을 꿇고 정좌해 있었다. 무녀를 마주 보며 신관이 앉아 있었다. 자세히 보니 사당 바닥에는 어느새 커다란 돗자리가 깔려 있었다. 할머니가 조용히 신관의 대각선 뒤쪽에 앉으며 미즈키와 아카리에게 의자에 앉으라고 눈짓했다.

등받이가 없는 둥근 의자 두 개가 입구 오른쪽 벽 쪽에 놓여 있었다. 그 앞에는 학교 책상 정도 되는 크기의 탁자가 하나 있었다. 탁자 위에는 돌 피리로 보이는 둥근 물체 두 개가 놓여 있었다.

미즈키와 아카리는 눈빛을 주고받으며 안쪽 의자에는 미즈키가, 바깥쪽 의자에는 아카리가 앉았다. 둘은 할머니가 지시한 대로 탁자 위의 돌 피리를 살며시 집어 들었다. 두 손에 딱 들어오는 크기의 피리였다. 거뭇거뭇한 돌은 반들반들하고 매끄러우며 둥근 형태였다. 돌 표면에는 바람구멍으로 보이는 돌출부와 음계를 조작하기 위한 세 개의 구멍이 나 있었다.

'우리가 잘 불 수 있을까? 소리가 잘 날까?'

미즈키는 처음 보는 돌 피리를 불안한 듯 두 손으로 쓰다듬었다.

신관이 힐끗 뒤를 돌아보며 모든 것이 준비됐는지 확인했다. 그리고 옷소매를 뒤로 휙 젖히더니 자세를 바로 하고 무녀를 향해 앉았다.

무녀는 무릎 위에 손을 올려놓고 눈을 감은 채 꼼짝도 하지 않았다. 마치 밀랍 인형이나 목각 인형 같았다. 미닫이문 틈새로 불어온 바람 때문에, 촛불이 아른아른 흔들렸다. 바닥 위에 드리운 그림자가 소리도 없이 춤을 췄다.

신관이 허리를 깊이 숙여 절을 하고는 손뼉을 크게 두 번 쳤다. 이상한 말이 신관의 입에서 흘러나왔다.

"하나, 둘, 셋, 넷, 다섯, 여섯, 일곱, 여덟, 아홉, 열, 백, 천, 만, 억, 조. 이처럼 수많은 삼의 씨를 뿌리게 하시옵고, 그 씨앗이 신의 자비 아래 인간 세상의 땅에서 자라나게 하여 주시옵소서. 그리하여 신과 모든 생명이 하나로 연결되어 조화롭고 평화롭게 살아갈 수 있도록 도와주시옵소서. 생명력이 강한 삼을 넉넉히 길러내어 인간들 사이에서 생겨나는 죄와 더러움이 멀리 사라지게 하시옵고, 신의 자비로 내려주신 논밭을 땀 흘려 정성스럽게 갈아 풍성한 열매를 맺을 수 있도록 도와주시기를 간청드리옵니다."

몇 번이고 계속해서 기도문을 읊었다. 반복하는 동안 말은 말이 아니라 소리가 되고 울림이 되어 어슴푸레한 어둠과 공명하며 미즈키의 마음속으로 흘러들어 갔다. 머릿속 깊은 곳이 저릿저릿한, 이상한 기분이 들었다.

미즈키는 침을 꼴깍 삼켰다. 신관이 종이 다발을 높이 들어 올렸기 때문이다.

종이 다발을 흔들면 돌 피리를 불어야 한다.

사사삭사사삭.

무녀의 머리 위로 신관이 종이 다발을 흔들었다.

미즈키는 두근거리는 가슴을 진정시키며 작게 숨을 들이마셨다. 옆에 있는 아카리도 숨을 들이마신다는 걸 알 수 있었다. 오싹할 만큼 차가운 돌 피리의 돌출부에 입술을 대자 긴장되어 손에서 땀이 났다.

마음속으로 소리가 나오길 빌며 힘차게 가슴 속의 숨을 돌 피리에 불어 넣었다. 그러자 미즈키의 마음에 응답이라도 하듯 피리 소리가 울렸다.

호오오….

그것은 오카리나보다는 부엉이 소리와 비슷하기도 하고 우물거리는 낮은 한숨 소리 같기도 했다.

효오오….

뒤이어 아카리의 돌 피리가 미즈키보다 높은 소리를 내며 울렸다.

소리가 나기만 하면 된다. 그리고 할머니는 소리가 끊어지지 않도록 하라고 했다. 미즈키와 아카리는 그 말에 따라 계속해서 돌 피리를 불었다.

호오오, 효오오, 휘이이, 피이이….

두 개의 돌 피리 소리가 멀어졌다 가까워지기를 반복하면서 서로 어우러져 사당 안에 울려 퍼졌다.

신관이 나직이 또 다른 기도문을 읊조리기 시작했다.

"세상의 진리를 비추는 빛, 내면을 비추는 거울, 악을 벌하는 검, 생명의 반지, 소망을 이루는 구슬, 바른길로 이끄는 검, 죽음을 되돌리는 구슬이여, 흔들흔들 흔들어라. 모두 모두 흔들어라. 세상의 진리를 비추는 빛, 내면을 비추는 거울, 악을 벌하는 검, 생명의 반지, 소망을 이루는 구슬, 바른길로 이끄는 검, 죽음을 되돌리는 구슬이여, 흔들흔들 흔들어라. 모두 모두 흔들어라. 세상의 진리를 비추는 빛, 내면을 비추는 거울…."

그러자 마치 무언가에 홀린 사람처럼 무녀가 중얼중얼 같은 기도문을 읊기 시작했다.

"세상의 진리를 비추는 빛, 내면을 비추는 거울…."

신관의 목소리와 무녀의 목소리가 조화를 이루어 울려 퍼졌다. 기도문은 다시금 말이 아니라 소리가 되고 복잡한 울림이 되어 사당 안의 공기를 울리게 했다.

호오오, 효오오, 휘이이, 피이이, 로오오.

돌 피리가 울렸다. 두 개의 피리 소리와 두 개의 기도문

외는 소리가 뒤섞여 물결치고 소용돌이치면서 사당의 공기 속에 가득 차올랐다. 촛불이 흔들리자 어슴푸레한 어둠이 흔들렸다. 마루 위에서 그림자가 춤을 췄다. 또다시 머릿속 깊은 곳이 저릿저릿해졌다.

"흔들흔들 흔들어라, 모두 모두 흔들어라. 세상의 진리를 비추는 빛, 내면을 비추는 거울…."

호오오, 효오오, 휘이이.

무녀의 몸이 움직이기 시작했다. 눈을 감은 채 기도문을 외는 무녀의 몸이 앞뒤로 천천히 흔들렸다. 신관의 목소리가 높아졌다.

두 개의 피리 소리와 높아가는 기도문 소리가 어우러지자, 촛불에 비친 부드러운 어둠이 흔들렸다. 사당 전체가 소용돌이치는 소리와 울림에 공명하는 듯했다. 이제 어느 것이 피리 소리이고 어느 것이 말소리의 울림인지도 구별할 수 없었다. 누가 피리를 불고 누가 기도문을 외는 것인지도 알 수 없었다. 이것이 꿈인지 현실인지도.

"악을 벌하는 검, 생명의 반지, 소망을 이루는 구슬."

호오오, 효오오, 휘이이, 로오오.

이것은 더 이상 피리 소리가 아니다. 이것은 더 이상 말소리가 아니다. 이것은 분명 사당에서 나는 목소리다.

"바른길로 이끄는 검, 죽음을 되돌리는 구슬."

아른아른 촛불이 흔들린다. 이리저리 그림자가 춤을 춘다. 흔들흔들 무녀가 흔들린다.

"흔들흔들 흔들어라. 모두 모두 흔들어라."

무녀의 몸이 크게 들썩거렸다. 그러고는 그대로 앞으로 엎드리듯 바닥에 쓰러져 버렸다.

놀란 미즈키와 아카리가 피리를 입에서 떼고 말았다. 사당 안에 흘러넘치던 소리가 모두 그치고 물이 차오르듯 정적이 주변을 가득 채웠다.

그 순간 땅이 흔들리면서 엄청나게 큰 소리가 사당에 울려 퍼졌다.

'천둥?!'

미즈키가 불현듯 미닫이문 쪽으로 시선을 돌렸을 때, 신관의 엄숙한 목소리가 사당 안에 울렸다.

"신께서 오십니다."

바닥에 엎드려 있던 무녀가 천천히 일어나 눈을 크게 떴다. 그 순간 그녀의 눈동자가 푸르게 빛났다. 일어선 무녀의 입에서 말소리가 흘러나왔다.

"이 몸이 늑대신이다. 무슨 일로 이 몸을 불러냈는가?"

미즈키는 입에서 터져 나올 듯한 비명을 간신히 막았다.

무녀의 목소리는 영양사 쿠도 씨의 목소리가 아니었다. 평소 듣던 높은 음의 목소리가 아니었다. 그 목소리는 낮고 굵었으며 부드러웠다. 마치 남자 목소리 같았다.

어느새 날은 완전히 저문 듯했다. 미닫이문에 달라붙어 있던 밤의 어둠 저편에서 갑자기 거센 바람이 불어왔다.

촛불이 금방이라도 꺼질 듯이 흔들리고 바닥의 그림자가 이리저리 춤을 췄다.

어느새 촛불이 파르르 떨리더니 휙 꺼져 버렸다. 사당에 칠흑 같은 어둠이 내려앉았다.

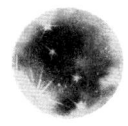

　아카리는 불안감과 긴장감으로 가슴이 터질 것 같았다. 하악하악 거칠게 숨을 내쉬었다. 옆에 있는 미즈키의 숨소리도 흐트러졌다.

　사당은 어둠에 잠겼지만, 아카리는 미즈키를 볼 수 있었다. 미즈키도 푸르게 빛나는 눈으로 아카리를 바라봤다.

　아카리는 묵직한 돌 피리를 탁자에 내려놓고 미즈키 쪽으로 손을 뻗었다. 미즈키가 그 손을 잡았다. 둘은 어둠 속에서 서로의 손을 꼭 잡았다.

　"오늘 밤, 망월산에 납시어 주신 신께 삼가 아뢰옵니다."

　신관이 나직이 말했다. 신관 뒤에 자리한 할머니는 머리를 깊숙이 숙이고 있었다.

"위대한 힘과 한없는 자비를 베푸시어 아무쪼록 이곳에 자리한 여인의 소원을 이루어 주시기를 간청드리옵니다. 영험하신 힘으로 삼도천을 떠도는 혼을 불러들여 본디대로 돌려놓아 주시기를 바라옵나이다."

그러자 무녀가 낮고 묵직한 목소리로 말했다.

"누구의 혼을 부르라는 것이냐? 고이 잠들어 있는 혼을 왜 깨우려 하느냐?"

신관 뒤에 조용히 있던 할머니가 앞으로 한 걸음 쓱 나섰다. 할머니는 무녀 앞에 넙죽 엎드린 채로 말하기 시작했다.

"제 손자인 츠다 하루의 혼을 불러들여 소생시켜 주시기를 간청드립니다. 그 아이는 아직 젊고 장래가 촉망되는 청년이었습니다. 앞으로 해야 할 일과 이루어야 할 일이 많이 남아 있었습니다. 그 아이가 죽은 것은 모두 제 잘못입니다. 저와 사소한 일로 다툰 탓에 그 아이는 정해진 시간보다 일찍 차를 타고 시내로 향하다가 사고를 당해 목숨을 잃고 말았습니다. 제가 그 아이를 죽음으로 내몰았습니다."

가슴에 묻어 둔 말을 꺼내자 할머니의 목소리는 떨려 왔다. 말이 자꾸 끊겼지만 그녀는 간신히 말을 이어 나갔다.

"제발 그 아이를 살려 주십시오. 만약 이 소원을 이루어 주신다면 망월산 정상에 새로운 절을 지어 바치겠습니다. 제발… 제발 하루를 살려 주십시오. 신께서는 지금까지 몇 번이나 달빛 마을의 제례로 기적을 일으켜 주셨다고 들었습니다. 그 힘으로 실제 살아 돌아온 아이가 있다고 들었습니다. 아무쪼록 자비를 베풀어 주십시오. 다시 한번 기적을 일으켜 주십시오. 이렇게… 부탁드립니다. 간절한 마음으로… 부탁드립니다."

마지막 말은 눈물에 가려 거의 들리지 않았다. 넙죽 엎드린 할머니의 등이 미세하게 떨리고 있었다.

"언제 죽었느냐?"

굵고 낮은 늑대신의 목소리로 무녀가 물었다.

"2021년 9월 25일 오후 8시 20분입니다."

할머니가 눈물에 젖은 목소리로 대답했다.

"오래되었군. 세월이 3년이나 흘러갔구나."

"부탁드립니다. 제발 부탁드립니다. 이렇게 간청드립니다. 제발… 제발…."

할머니가 필사적으로 바닥에 머리가 닿을 듯 조아렸다. 아카리는 그 모습을 더 보기 힘든지 자기도 모르게 고개를 숙였다.

"혼의 소환이 무엇을 의미하는지 아느냐?"

무녀가 다시 굵은 목소리로 물었다. 아카리는 고개를 들어 무녀의 입가에 야릇한 미소가 감도는 것을 어둠 속에서 지켜봤다.

"혼의 소환은 죽은 인간을 되살리는 게 아니다. 죽지 않게 만드는 것이지."

무녀는 희미하게 웃으며 계속해서 말했다.

"너희는 생각할 테지. 시간은 빈틈없이 연결되어 흘러간다고. 하지만 사실은 그렇지 않다. 시간의 물길 속에는 때때로 기포 같은 작은 틈이 생겨난다. 그리고 세상에는 그러한 작은 시간의 틈이 흘러가 머무는 곳이 있지. 유유히 흘러가는 강에 잠시 물이 머무는 곳이 있는 것처럼 시간의 물길이 아주 잠깐 머무는 곳이 있다."

무녀는 잠시 말을 끊고는 엄숙한 어조로 말했다.

"그곳이 바로 망월산 정상이다. 이 산의 정상은 다른 곳보다 시간의 흐름이 아주 미세하게 느리다. 인간은 눈치챌 수 없지만 시간의 틈은 이곳으로 흘러들어 온다. 작은 거품 같은 시간이 흘러들어 와 하나둘 쌓여 가게 된다. 그리고 산 정상에 보름달이 뜨면 따로 떨어져 있던 틈이 하나로 연결되어 커다란 시간의 틈이 만들어진다."

무녀는 굵은 목소리로 부드럽게 말했다.

"혼의 소환이란 그렇게 연결된 틈에서 시간의 뒤편으로 몰래 들어가 물길을 거슬러 올라가야 하는 일이다. 거슬러 올라가 과거를 바꾸는 거지. 차에 치여 죽은 아이가 그 길로 가지 않게 하고, 연못에 빠진 아이가 연못에 가지 않게 붙잡아 두는 것이다. 그렇게 해서 과거를 바꾸면 미래가 달라지는 것이지. 죽은 아이가 다른 미래를 살게 되는 것, 이것이 혼의 소환이다."

사당에 있는 사람들은 꼼짝도 하지 않고 무녀의 말을 듣고 있었다.

"하나로 연결된 시간의 틈은 아주 잠시 입을 벌리고 있지만, 이내 다시 거품이 부서지듯 산산이 흩어져 시간의 물길에 따라 밀려가게 된다. 그리고 다시 새로운 시간의 틈이 망월산 정상으로 흘러들지. 이곳에선 아주 오랜 옛날부터 달이 차고 기우는 것에 맞춰 그걸 계속 반복해 왔다. 이곳은 시간이 머무는 곳이자 달이 차오르는 곳, 그리하여 시간의 문이 열리는 곳이다. 나는 그 시간의 길을 아는 것뿐이다."

어느새 할머니는 깊이 숙였던 머리를 살며시 들고 있었다. 목소리가 들리는 쪽으로 몸을 내밀고 한마디도 놓치지 않겠다는 듯 귀를 기울였다. 어둠 속에서 무녀의 목소리가 끊기자 할머니는 떨리는 목소리로 물었다.

"오늘 밤도 시간의 틈이 열리는 건가요? 그곳을 통해 시간을 거슬러 올라갈 수 있다는 말씀인가요?"

신의 목소리가 대답했다.

"그렇다. 거슬러 올라가지 못할 것은 없다. 이틀이나 사흘의 시간을 거슬러 올라가는 거라면 무너진 대나무 울타리를 훌쩍 뛰어넘어 이웃의 정원에 들어가는 일처럼 간단하다. 하지만 3년이란 세월을 거슬러 올라가는 것은 그리 쉬운 일이 아니다. 하나 정 소원이라고 한다면 내가 널 3년 전 그날로 안내할 것이다."

무녀는 이렇게 대답하면서도 어째서인지 어둠 속에서 야릇한 미소를 지었다. 아카리가 그 미소의 의미를 짐작해 보고 있는데 무녀가 다시 입을 열었다.

"하지만 그 전에 알아 둬야 할 것이 있다."

아카리의 마음속에 불안이 부풀어 올랐다. 무녀는 미소를 감추며 말하기 시작했다.

"넌 살아 돌아온 아이들이 어떻게 되었는지 아느냐? 당연히 모를 테지. 아이들은 모두 오래 머물지 못하였다. 과거를 바꾸어 다른 미래를 살아가게 하려 해도 이내 다시 죽음으로 내몰리게 되어 있다. 시간의 물길은 제자리로 돌아가려는 힘이 존재하기 때문이다. 상류로 거슬러 올라가 물길을 바꾼다 해도 시간은 다시 제자리로 돌아가길 원한다. 발밑에서 생겨난 작은 뒤틀림이 점점 더 큰 뒤틀림이 되지 않도록, 되도록 빨리 뒤틀린 물길을 제자리로 돌려놓으려는 것이다. 그렇게 하지 않으면 소환한 인간이 살아남고 또 살아남아 죽어야 했을 인간이 시간이 흐를수록 점점 더 늘어나게 될 테니까. 그렇게 되면 물길의 방향이 크게 바뀌게 된다. 하지만 시간은 그걸 허락하지 않아. 그러니 살아 돌아온 아이는 금방 다시 사라지게 되어 있다. 어떤 아이든 그랬다. 살아 돌아왔다 하더라도 한 달 넘게 산 아이는 단 한 명도 없다."

"그럼…."

할머니가 간신히 말했다.

"살아 돌아온 수장의 아들이 금세 다시 죽은 것도 그것 때문입니까? 신의 노여움을 사서 그렇게 된 것이 아니라 시간의 물길을 되돌려 놓으려는 법칙 때문이라는 말씀입니까?"

무녀는 어둠 속에서 또다시 야릇한 미소를 지었다.

"네가 믿고 싶은 대로 믿으면 된다. 하지만 설령 3년 전까지 시간을 거슬러 올라가 네 손자를 사고에서 지켜낸다 해도 네가 돌아올 현재에 손자는 없을 것이다. 시간의 흐름이 손자를 3년이나 그냥 내버려두진 않을 테니까."

어둠 속에서 무거운 침묵이 흘렀다. 이 얼마나 잔혹하고 슬픈 이야기인가. 힘없이 고개를 떨군 할머니의 등을 지켜보는 것만으로도 아카리는 무척 고통스러웠다.

"아, 하나 더."

무녀가 또 한 번 야릇한 미소를 짓더니 이어서 말했다.

"빨리 죽는 건 살아 돌아온 아이뿐만이 아니다. 시간의 물길을 거슬러 올라갔다 돌아온 자의 목숨도 줄어든다. 필시 인간이 발을 들여놓을 수 없는 시간의 물길 뒤편으로 들어가

법칙을 어겼기 때문이겠지. 너와 같은 노인이 3년이란 시간을 거슬러 올라가는 것은 쉽지 않을 것이다. 만약 가는 길에 힘이 다한다면 돌아오지 못할 수도 있다."

무녀는 말을 끊고 어둠 속에서 눈앞의 할머니를 바라봤다. 그러더니 다시금 재미있다는 듯 입꼬리를 일그러뜨리며 말했다.

"잘 생각해 보거라. 달이 하늘 꼭대기에 올라갈 때까지는 아직 시간이 있으니까. 그래도 네가 시간의 문 안으로 들어가고 싶다면 나는 기쁜 마음으로 너를 시간의 물길 너머로 안내하겠다. 망월산 정상에 새로운 절을 짓겠다는 서약은 상당히 마음에 드니까. 가능하면 규모는 작더라도 위엄이 있으면 좋겠구나. 입구 양옆에는 늑대 석상을 한 쌍 세워 두는 걸 잊지 말도록."

무녀가 묘한 미소를 지으며 말했다.

"난 달이 꼭대기에 다다를 때까지 한숨 자야겠다."

어둠 속의 무녀는 힘없이 쓰러지듯 바닥에 몸을 뉘었다.

사당은 정적에 휩싸였다. 할머니도 신관도 꼼짝하지 않았다. 아카리와 미즈키는 어떻게 하면 좋을지 몰라 서로의 손을 잡은 채, 푸르게 빛나는 눈동자를 마주 보고 있었다.

고개를 숙이고 있던 할머니가 퍼뜩 고갤 들어 어둠 속에서 아카리와 미즈키를 돌아봤다.

"아카리, 미즈키, 부탁이 있어."

아카리와 미즈키는 할머니와의 약속이 떠올라 소리 내어 대답해야 할지 망설였다. 그러자 할머니가 말했다.

"아, 이제 말해도 괜찮아."

아카리가 물었다.

"무슨 부탁이요?"

"정말 미안한데 지금 둘이 함께 별장에 가서 내 방에서 편지지와 만년필을 가지고 와 줄래? 내 방 책상 맨 위쪽, 폭이 넓은 서랍에 들어 있어."

"아, 알겠어요."

아카리는 미즈키와 손을 잡은 채로 의자에서 일어났다. 미즈키도 따라서 일어났다.

"이 손전등을 가지고 가. 아, 너희는 손전등이 필요 없으려나?"

할머니가 소맷자락에서 꺼낸 손전등을 아카리와 미즈키에게 내밀었다. 아카리가 뭔가 말하려는데 미즈키가 그보다 더 빨리 할머니에게 다가가 말없이 손전등을 받았다.

그대로 미즈키가 아무 말 없이 문 쪽으로 갔기 때문에 아카리도 서둘러 뒤를 따랐다.

"다녀올게요."

아카리와 미즈키는 어둠 속에 세 사람을 남겨 두고 사당 밖으로 나왔다.

돌계단 위에서 경계를 서고 있던 관리인이 사당에서 나온 둘을 손전등으로 비추며 의심스러운 눈초리로 쳐다봤다. 하지만 아카리가 할머니의 심부름으로 별장에 가서 가져올 물건이 있다고 말하자 아무 말 없이 보내 주었다.

긴 돌계단을 내려가며 몇 번인가 돌아보았다. 이쪽을 내려다보는 관리인의 모습이 보였다. 그 모습이 보이지 않는 곳까지 내려왔을 때, 아카리는 초조한 목소리로 미즈키에게 말을 걸었다.

"이게 대체 무슨 상황이야? 혼의 소환은 이대로 끝난 건가? 결국 실패한 거지? 할머니의 손자는 살아 돌아올 수 없는 거지?"

미즈키가 천천히 대답했다.

"할머니가 원하는 대로 되지는 않았어. 할머니는 손자가 살아 돌아오면 그가 나이를 먹고 결혼해서 아이를 낳는… 그런 미래가 올 거라고 믿은 것 같지만, 그건 이룰 수 없는 소원이었어. 물론 혼의 소환 자체가 실패한 건 아니야. 늑대신은 신관의 부름에 응했으니까."

"그 말은 이 산 위에서 시간의 틈이 열린다는 말을 믿는다는 거야?"

미즈키는 어둠 속에서 미간을 모으고 생각에 잠겼다.

"모르겠어. 시간이 연결된 게 아니라 틈이 있다는 말은 이해가 가지만 그게 사실인지 아닌지는 알 수 없지. 만약 그 말이 사실이라면, 혼의 소환이라는 게 그 설명대로 이루어지는 거라면 달빛 마을의 마지막 제례 때 왜 그런 일이 일어났는지 알 것 같아."

미즈키는 뭔가 생각났다는 듯 말했다.

"수장이 혼의 소환을 마치고 집에 돌아갔더니 죽었던 아들이 아무 일도 없었다는 듯이 자기 방에서 자고 있었다고 했잖아. 게다가 부인은 아들이 사고로 죽은 것도 기억하지 못했고. 그때 수장은 열린 시간의 틈으로 시간을 거슬러 사고가 일어난 날로 돌아가서 아들이 교통사고를 당하지 않게 막은 거야. 그래서 미래가 바뀐 거지. 그러니까 수장이 현재로 돌아왔을 때 아들은 살아 있었던 거야. 애초에 사고는 일어난 적이 없으니까. 아귀가 딱딱 맞아떨어지지 않아?"

미즈키는 이제 막 다 내려온 돌계단을 올려다보며 혼잣말처럼 중얼거렸다.

"만약 눈에 보이지 않는 시간의 물길이 다른 곳보다 아주 조금 천천히 흐르는 곳이 있다면, 물 위로 떠오르는 거품처럼 그곳에 시간의 틈이 모여든다면, 그 틈이 모여 시간의 문이 생겨나는 건지도 몰라. 마을 사람들은 알고 있었던 게 아닐까? 이곳은 여느 곳과 다르다는걸. 그래서 옛날부터 이 산을 '신이 머무는 산'이라 부르며 숭상해 온 거야. 그리고 이 산에는 시간을 자유롭게 오가는 늑대신이 살아온 거고."

미즈키가 말을 멈추고 아카리를 봤다.

"왜 네가 가끔 시공을 초월해 날아가는지 알 것 같아. 어둠 속에서 보이는 눈도, 나한테 뛰어난 후각이 있는 것도, 너의 날아가는 능력도 분명 시간의 길을 아는 늑대신이 준 선물일 거야."

아카리는 놀란 듯이 푸르게 빛나는 눈을 동그랗게 뜨더니 바로 싱긋 웃었다.

"그건 늑대신을 닮았다는 건가? 아까 신이 내려왔을 때 고맙다고 말할 걸 그랬네. 덕분에 이렇게 잘 살아가고 있다고."

아카리의 말에 미즈키도 싱겁게 미소 지었다. 하지만 아카리는 이내 진지한 표정으로 미즈키에게 물었다.

"있잖아. 오늘 밤 망월산 정상에서 시간의 문이 열릴까? 어떻게 생각해?"

미즈키는 어깨를 으쓱했다.

"글쎄…. 어떻게 될까? 나도 잘 모르겠어. 만약 열린다면 그게 우리 눈에 보일까? 어떻게 할지는 할머니의 선택에 달렸겠지."

"어떻게 할지? 설마 갈 리가 없잖아."

아카리는 어이가 없다는 듯 미즈키를 쳐다봤다.

"시간을 거슬러 가서 사고를 당하지 않게 과거를 바꿔도 다시 돌아왔을 때 손자는 이미 죽고 없을 거야. 그럼 가도 소용없는 거잖아. 게다가 자기 수명도 줄어드는걸."

미즈키는 입을 다물었다. 잠시 그렇게 어둠 속을 걸은 후에 아카리에게 물었다.

"너라면 어떻게 할 거야?"

"응? 나?"

아카리는 생각지도 못한 질문에 멈칫했다. 미즈키가 이어서 말했다.

"나한테는 그렇게 소중한 사람이 없어서 잘 모르겠어. 하지만 너라면 그 마음을 이해할 것 같아서…. 만약 무척 소중한 사람과 다툰 채로 헤어지게 된다면? 그 다툼이 원인이 되어 상대방이 죽었다면 너는 어떻게 할 거야? 다시 그 사람을 만날 수 있다면 되돌아갈 것 같아?"

아카리는 숨을 깊이 들이마셨다. 미즈키가 하는 말의 의미가 점점 또렷해지면서 마음을 무겁게 짓눌렀다.

아카리는 물끄러미 자기를 바라보고 있는 미즈키에게 천천히 말했다.

"나라면… 만나러 갈 거야. 소중한 사람에게 미안하다고 말하러 갈 거야. '사실은 널 믿어.'라고, '널 사랑해.'라고 말하러 갈 거야. 만약 그로 인해 내 수명이 줄어든다고 해도 갈 거야. 꼭 그렇게 할 거야."

미즈키는 아카리를 보고 있던 시선을 떨구며 고개를 끄덕였다.

"그렇구나. 할머니도 그렇게 하지 않을까? 비록 수명이 줄어들어도, 설령 이곳으로 돌아오지 못한다 해도 아마 너와 같은 선택을 할 거야."

아카리와 미즈키는 더 무슨 말을 해야 할지 몰라 어두운 숲길을 묵묵히 내려왔다.

나무 사이로 별장에서 새어 나오는 빛이 보였다. 별장에 다다르자, 아카리가 미즈키에게 물었다.

"그런데 말이야. 만약에 할머니가 3년 전으로 가서 돌아오지 않으면 우린 어떻게 되는 거야? 할머니가 시간을 거슬러 올라가 과거를 바꾸면 손자의 사고가 없었던 게 되잖아. 그러면 현재는 바뀔 거고. 할머니가 이곳으로 돌아오지 못하면 우리를 또 다른 누군가가 찾으러 올까? 우리는 이곳에서 다시 만날 수 있을까?"

미즈키가 걸음을 멈췄다. 아카리도 덩달아 멈춰 섰다.

미즈키는 있는 힘껏 아카리의 팔을 잡았다. 놀라는 아카리의 눈을 물끄러미 쳐다보며 미즈키는 단호하게 말했다.

"내가 찾아낼 거야. 과거가 바뀌어서 미래가 바뀐다고 해도, 내가 반드시 널 찾아낼게."

아카리는 푸르게 빛나는 미즈키의 눈동자를 빤히 바라봤다. 그러고는 방긋 웃으며 고개를 끄덕였다.

"그래. 시간의 물길은 제자리로 돌아가길 원하니까 우리는 다시 어딘가에서 만나게 될 거야. 반드시 다시 만날 거야."

편지지와 만년필은 금방 찾았다. 아카리와 미즈키는 다시 같은 길을 되돌아 돌계단을 올라갔다. 관리인에게 가볍게 고개를 숙이고 지나갔다. 사당에는 불이 밝혀져 있었다. 미닫이문 틈새로 부드러운 주홍빛이 밖으로 새어 나왔다. 천천히 다가가 문을 열자 바람이 일어나 촛불이 흔들렸다.

무녀는 아직 곤히 잠들어 있었다.

할머니는 신관과 뭔가 이야기를 주고받고 있었다. 두 사람이 들어오자 할머니는 다가와서 편지지와 만년필을 받아 들었다.

"고맙구나. 정말 고마워."

촛불 속에서 할머니가 부드러운 미소를 지었다.

"자, 이제 이걸로 너희가 할 일은 끝났어. 이제 두 사람은 돌아가도 된다는구나. 별장으로 돌아가서 저녁을 먹고 목욕이라도 하렴. 피곤하지? 주방 냉장고에 영양사가 뭔가 준비해 두었을 거야. 전자레인지에 데워서 먹으렴."

"저… 할머니는요?"

아카리는 묻지 않을 수 없었다.

"할머니도 잠시 후에 돌아오는 거죠?"

"그럼. 하지만 몇 시가 될지 모르겠구나. 날 기다릴 필요는 없어. 먼저 저녁을 먹고 쉬고 있으렴."

'이 사람은 역시 시간의 틈 너머로 갈 생각이구나.'

아카리는 할머니의 잔잔한 미소를 보며 생각했다.

"꼭 돌아오세요. 손전등 두고 갈 테니까. 이게 없으면 밤길에 돌아오기 힘들잖아요. 어두워서…."

아카리가 말하자 옆에 있던 미즈키가 살며시 손전등을 내밀었다.

"아, 그러네. 고마워."

손전등을 받아 들고, 할머니는 다시 잔잔하게 미소 지었다. 그 얼굴을 보고 있자니 왠지 가슴이 뭉클해져 눈물이 나올 것만 같았다.

아카리는 그 모습을 들키지 않으려고 빙글 뒤로 돌아서서 일부러 활기찬 목소리로 말했다.

"먼저 가 있을게요."

"안녕히… 다녀오세요."

미즈키도 속삭이듯 작은 목소리로 말했다.

"조심해서 가렴."

할머니가 말했다.

아카리와 미즈키는 미닫이문을 닫고 걸어가기 시작했다. 돌계단을 내려가는 동안 둘은 아무 말도 하지 않았다.

돌계단을 다 내려와 하늘을 올려다본 아카리가 '앗!' 하고 소리를 질렀다.

"달이 나왔어! 보름달이 보여. 구름이 걷혔나 봐."

아카리 옆에서 미즈키도 달을 올려다보더니 불쑥 말했다.

"슬픔의 냄새가 나지 않았어."

"응?"

아카리가 미즈키를 보며 되물었다.

"할머니 말이야."

미즈키가 대답했다.

"슬픔의 냄새는 사라지고 없었어. 완전히."

아카리는 잠시 걸음을 멈추고 할머니의 미소를 떠올렸다. 달빛처럼 맑은 빛이 감도는 잔잔한 미소였다. 아카리는 가슴 가득 차오르는 슬픔을 밤바람과 함께 삼키고 미즈키를 똑바로 바라봤다.

"미즈키, 나 잊지 마. 절대로 잊으면 안 돼. 과거가 바뀐다 해도 기억해 줘."

달빛 아래에서 미즈키는 푸른 눈으로 아카리를 보며 환하게 웃었다.

"당연하지! 내 기억력 엄청나게 좋은 거 알지? 걱정하지 마. 내가 널 알아볼게. 내가 꼭 기억할게. 오늘 밤의 일까지 모두…."

아카리도 활짝 웃었다.

"다행이야. 이제 안심할 수 있겠어."

어두운 숲속의 아카리와 미즈키는 푸른 눈으로 서로를 바라보고는 다시 천천히 걷기 시작했다.

망월산 정상에 휘영청 떠오른 보름달이 나무 사이로 아카리와 미즈키를 내려다보고 있었다.

푸르스름한 달빛이 숲을 감쌌고 온 세상은 물에 잠긴 듯 그저 고요했다.

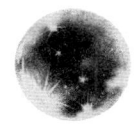

할머니는 열린 미닫이문 앞에 서서 돌계단을 내려가는 두 사람을 가만히 지켜보았다. 둘의 모습이 보이지 않게 되자 문을 닫고 둥근 의자에 앉았다. 어슴푸레한 불빛 아래에서 탁자에 편지지를 펼치고는 만년필을 들었다.

무녀는 여전히 잠들어 있었다. 신관은 제단 앞에 앉아 눈을 감고 있었는데 할머니가 편지를 쓰기 시작하자 말했다.

"저는 나가 있을까요?"

"아니요."

할머니가 말했다.

"변호사님으로 자리를 지켜 주셨으면 해요. 두 통은 공식적인 문서니까."

할머니는 이따금 뭔가 변호사와 이야기를 나누며 세 통의 길고 긴 편지를 써 내려갔다.

이제 구름은 걷혔다. 밤하늘의 보름달이 꼭대기에 걸리려 하고 있었다.

"어떻게 할 생각이죠?"

촛불이 은은하게 어둠을 밝히는 가운데 변호사가 나직이 물었다. 할머니는 사당 한구석에서 깊이 생각에 잠겨 있다가 그 물음에 고개를 들고는 미소 지었다.

"내가 어떻게 할지 이미 알고 있지 않나요?"

변호사가 고개를 끄덕였다.

"알 것 같긴 합니다. 하지만 조금 망설이시는 건 아닌가 해서…."

"아니요."

할머니가 딱 잘라 말했다.

"망설이지 않아요. 다만 생각하고 있었어요. 어떻게 될 것 같아요? 내가 잘 사라질 수 있을까요? 3년 전으로 돌아가 그 시점에서 사라지는 게 가능할까요?"

촛불이 아른거렸다. 변호사가 나직이 대답했다.

"시간의 물길이 받아들여 준다면…."

"후후."

할머니가 웃었다.

"나 같은 늙은이가 3년 빨리 죽는다 해도 분명 시간의 물길에는 아무런 지장도 없을 거예요."

변호사는 말없이 똑바로 앉았다.

할머니는 다시금 혼자 미소 지으며 사당 안의 공기를 가슴 깊이 들이마셨다.

"자, 이제 신의 기적을 기다리는 일만 남았네요. 시간의 틈이 열리기를…."

"틈이라면 이미…."

변호사가 말했다.

할머니는 퍼뜩 고개를 들어 앞에 앉아 있는 변호사를 봤다. 무언가 평소와 다르다고 느꼈기 때문이다.

변호사가 천천히 할머니 쪽으로 고개를 돌렸다.

"달은 차고 시간의 문은 열렸다. 네가 바라는 길도 이미 연결되어 있다."

목소리가 달랐다. 평소보다 낮고 부드러웠다. 그러면서도 왠지 섬뜩했다. 이건 늑대신의 목소리였다.

할머니를 응시하는 변호사의 눈동자가 어슴푸레한 어둠 속에서 푸르게 빛난 것 같았다.

할머니는 침착하게 말했다.

"늑대신이신가요?"

낮은 목소리가 변호사의 입을 통해 대답했다.

"무녀도 신관도 신의 매개자로 선택된 자들이니 이상할 건 없다."

"혹시 이전에 가끔 이렇게 오신 적이 있으신가요? 이따금 사토 씨와 함께 있을 때 뭔가 정체를 알 수 없는 어떤 힘을 느끼곤 했습니다."

변호사가 웃었다.

"믿고 싶은 대로 믿으면 된다."

변호사는 할머니 쪽으로 돌아앉으며 말했다.

"자, 마음을 정했다면 약속대로 시간의 틈 너머로 널 안내하겠다. 문을 열고 나가면 된다. 내 아이들이 널 시간의 저편으로 보내줄 것이다."

"문은 어떻게 열면 되죠?"

할머니는 세 통의 편지를 단단히 품속에 넣고 일어섰다.

"아주 간단하다. 저 미닫이문을 열고 나가거라. 망설이지 말고. 주저하지 말고. 뒤돌아보면 안 된다. 그곳에 다다를 때까지 말도 하면 안 돼. 오직 내 아이들의 뒤를 따라가거라."

할머니는 변호사를 향해 깊숙이 머리를 숙였다.

"감사합니다. 정말 감사합니다."

할머니는 작은 목소리로 말하고 사당의 미닫이문을 향해 걸어갔다.

미닫이문은 그 모습 그대로 거기 있었다. 그 너머에는 푸르스름한 달빛으로 물든 밤의 어둠이 펼쳐져 있었다. 좀 전에 돌계단을 내려가는 아카리와 미즈키를 지켜보던 때와 조금도 다르지 않았다.

할머니는 크게 숨을 들이마시고 천천히 미닫이문을 열었다. 문은 드르륵 소리를 내며 가볍게 옆으로 미끄러졌다.
밖은 비가 내리고 있었다. 토도독토도독 작은 소리를 내며 가는 비가 어둠을 감싸고 있었다.
'아, 그래. 그날은 비가 내렸어.'
이렇게 생각하며 할머니는 빗속으로 발을 들여놓았다.
중천에 떠 있어야 할 달은 사라지고 없었다. 깊고 깊은 어둠과 은밀한 비가 할머니를 감쌌다.
홀연히 어둠 속에서 푸르스름한 빛이 나타나 깜빡깜빡 반짝였다.
'반딧불이?'
아니, 아니다. 저것은 눈이다. 짐승의 눈에서 나오는 빛이다. 하나, 둘… 다섯 쌍의 눈이 지켜보고 있다.
할머니는 늑대신의 말을 떠올렸다.
'뒤돌아보면 안 된다. 내 아이들이 널 시간의 저편으로 보내줄 것이다.'
저건 분명 늑대신의 아이들이다.

다가가 보아도 모습은 보이지 않았다. 하지만 '하아, 하아.' 내뱉는 숨소리가 들렸다. 희미하게 검은 윤곽이 보이는 듯했지만 분명하지 않았다.

가까이 다가가자 다섯 쌍의 눈이 할머니를 둘러싸고 입구 쪽으로 나아갔다. 할머니는 그들이 이끄는 대로 따라갔다.

입구 앞 돌계단에 서 있던 관리인의 모습은 보이지 않았다. 할머니는 순간 사당 쪽을 돌아보고 싶은 충동이 들었다. 간신히 그 마음을 떨쳐내고 돌계단에 발을 내디뎠다.

어둠이 짙게 깔려 있었다. 비에 젖은 돌계단을 내려가던 할머니는 문득 생각났다는 듯 소맷자락에서 손전등을 꺼냈다. 스위치를 누르자 어둠 속에서 빛이 작은 동그라미를 그렸다.

빛이 생기니 걷기 훨씬 편해졌다. 아카리와 미즈키 덕분이라 생각하며 마음속으로 쓴웃음을 지었다. 별장으로 조심히 돌아오라고 건네받은 손전등이 3년 전 그날로 이어진 길을 밝히고 있다.

할머니는 동그랗게 빛나는 불빛으로 발밑을 비추며 한 걸음 한 걸음 돌계단을 내려갔다.

신의 아이들은 할머니를 둘러싼 채 떨어지지 않았지만, 절대 동그란 빛 안으로는 들어오지 않았다. 아니, 애초에 그들은 형체가 없는지도 모른다. 시공의 문을 자유자재로 오가는 이들에게 형태를 띤 껍데기는 걸리적거리는 짐인지도 모른다.

돌계단을 다 내려와 숲길을 걸어갈 즈음 빗발은 조금씩 굵어지기 시작했다. 나무들이 펼쳐 놓은 우듬지 지붕이 없었다면 할머니는 지금쯤 흠뻑 젖었을 것이다.

숲이 노래하고 나뭇가지들이 속삭였다.

토도독토도독, 후드득후드득, 쏴아쏴아.

별장이 가까워지자 할머니는 기대감과 불안감에 마음이 소란스러웠다. 발걸음이 절로 빨라지고 다리가 후들거렸다. 그러자 마치 바른길로 인도하려는 듯 신의 아들들이 슬며시 옷자락 가까이 다가오는 것이 느껴졌다.

이윽고 나무들이 성글어지고 별장에서 새어 나오는 빛이 보이기 시작했다.

점점 심장의 고동이 빨라지고 숨쉬기 힘들었다.

'정말 그날로 돌아갈 수 있을까? 저기 있는 것은 정말로 그날의 별장일까?'

할머니는 생각하고 또 생각했다.

비틀거리듯 숲속을 나아갔다. 어느새 숲을 내려와서 별장 입구에 도착해 있었다. 신의 아이들도 어느 순간 사라지고 없었다. 어둠 속에서 빛나는 푸른 눈은 더는 보이지 않았다.

별장까지 이제 몇 걸음만 가면 된다. 현관문 위 외등이 불을 밝히고 있다. 입구 옆 창가에서 불빛이 바깥으로 새어 나오고 있었다.

심장이 두근두근 터질 것 같다. 나무들의 그림자에 멈춰 서서 물끄러미 현관을 바라보았다.

'저 안에 손자가 있다. 혹시 아니라면⋯ 만약 모든 것이 꿈이라면 어쩌지?'

이렇게 생각하니 공포와 절망이 밀려왔다.

'난 정말 그날로 거슬러 온 걸까?'

할머니는 마음속으로 계속 중얼거렸다.

바로 그때였다. 현관 옆 차고 문이 천천히 올라갔다. 어둑한 차고 안에 누군가 서 있었다. 그는 곧 차에 올라탔다.

차를 본 순간 머릿속에 악몽 같은 장면이 되살아났다.

토사가 덮쳐 앞 유리가 깨진 하늘색 자동차⋯.

'저건 하루의 자동차야. 중고로 산 하늘색 자동차!'

부룽―.

시동이 걸리는 소리가 났다.

'가야 해. 어서 가서 저 아이를 막아야 해.'

할머니는 빗속을 단숨에 달려갔다. 차고로 뛰어들어 자동차의 운전석 창문을 마구 두드렸다.

핸들을 잡은 청년이 놀랐는지 이쪽을 봤다.

"하루야!"

큰 소리로 외치며 창문을 두드렸다. 운전석의 창문이 천천히 내려가고 놀란 청년이 이쪽을 봤다. 하루다. 정말 손자가 살아났다.

"할머니, 왜 그러세요?"

흐트러진 호흡을 정리하고 몇 번이나 심호흡을 반복했지만 가슴속에 가득 차 있는 말이 목구멍에 걸려 나오지 않았다.

"하… 하루…."

할머니는 겨우 목소리를 짜내어 말했다.

"하루야, 나도 태워 줘."

"네?"

어리둥절해하는 청년에게 할머니는 또다시 말했다.

"우리 시내까지 함께 가자. 나도 같이 네 친구를 마중 가고 싶어."

"아니, 조금 전에는 절대로 만나지 않겠다고 하셨잖아요."

청년은 놀라며 고개를 갸웃거렸다.

"별장에 데리고 오는 것도 싫다고 그러셨잖아요."

하루의 말허리를 자르듯 할머니는 급히 고개를 옆으로 흔들었다.

"아니야. 그렇지 않아. 아까는 너무 갑작스러워서 그런 거야. 미안해. 그런 말을 하는 게 아닌데⋯."

차오르는 눈물을 삼킨 탓에 미소 띤 할머니의 얼굴이 부자연스럽게 일그러졌다.

"네가 좋아하는 사람이라면 틀림없이 멋진 사람일 거야. 분명 그럴 거야. 그러니까 나도 같이 가려고. 같이 가자."

청년은 아직도 의아하다는 듯 이쪽을 보고 있었다.

"괜찮긴 한데⋯. 그 친구가 역에 도착할 때까지 아직 시간이 많이 남았어요."

"괜찮아. 차라도 마시면서 기다리자꾸나. 너한테 해 줄 말이 무척 많아. 너와 그 친구의 이야기도 듣고 싶고."

잠깐 생각하는가 싶더니 청년이 고개를 끄덕였다. 그 순간 청년의 얼굴에 환하게 빛나는 미소가 번졌다.

"알았어요. 그럼 타세요."

"고맙구나."

할머니는 청년의 환한 얼굴을 바라보면서 조수석에 올라탔다.

"근데 옷은 언제 갈아입으셨어요?"

청년이 이상하다는 듯 물었다.

"방금 갈아입었어. 네 여자 친구를 처음 만나는 거니까. 신경 좀 썼지."

청년이 소리 내어 웃었다. 행복하다는 듯이 할머니를 향해 티끌 같은 불안감도 없는 맑은 미소를 지었다.

"마치 변신술 같네요. 그럼 출발할게요. 안전벨트 매셨죠?"

자동차가 차고를 미끄러져 나가기 시작했다.

"아, 맞다. 근처 우체통 앞에서 잠깐 세워 줄래? 보낼 편지가 몇 통 있어."

할머니가 편지를 만지작거리며 말했다. 청년은 그 말을 듣더니 피식 웃었다.

"편지는 시내에 있는 우체국에서 보내야죠. 그 우체통은 일주일에 한 번만 가지러 와요."

할머니는 고개를 끄덕이며 조용히 미소 지었다.

"그래. 하지만 지금 우체통에 넣고 싶어. 생각났을 때 말이야. 그러니까 부탁해."

"알았어요. 그 정도쯤이야! 시간은 아직 충분하니까요."

자동차는 호숫가 길을 따라 달리기 시작했다. 빗줄기가 굵었다. 앞 유리를 뒤덮는 빗방울을 와이퍼가 빠르게 왔다 갔다 하며 양옆으로 밀어냈다.

빗소리 사이로 청년이 불쑥 말했다.

"감사해요."

"응?"

할머니가 놀라서 되물으니 청년은 부끄럽다는 듯 힐끗 이쪽을 봤다.
 "같이 마중하러 가 주셔서요. 그리고… 그러니까… 저를 믿어 주셔서….”
 가슴이 떨리는 것을 감추기 위해 할머니는 다시 한번 더 크게 심호흡하고 눈물을 간신히 참았다.
 "나야말로 그런 말을 해서 미안해. 비록 아주 잠깐이라고 해도 널 믿지 못해서 미안하구나. 넌 항상, 앞으로도 계속 소중하고 자랑스러운 내 손자야.”
 그 말을 듣고 청년은 정말 부끄럽다는 듯 멋쩍게 웃었다. 그리고 그 멋쩍음을 얼버무리듯 밝고 힘찬 목소리로 말했다.
 "비가 이렇게 많이 내리니까 내일은 틀림없이 맑을 거예요. 할머니, 내일 우리 뭐 할까요? 셋이서 낚시하러 갈까요? 아마 할머니도 그 친구랑 금방 친해질 거예요.”
 "그래. 우린 금방 친해질 거야.”
 할머니는 청년을 보며 작게 고개를 끄덕였다.
 하늘색 자동차는 우체통 앞에서 잠깐 멈췄다가 다시 속도를 올려 호숫가를 달려 나갔다. 달이 보이지 않는 칠흑 같은 어둠 속에서 홀로 아련하게 빛나는 별장의 불빛을 뒤로하고 후미등 불빛이 멀어져 갔다. 그 빛은 이내 터널 안으로 빨려 들어가듯 사라졌다.
 빗발은 점점 더 굵어졌다.

시커먼 어둠 속에 고요히 자리한 산들과 골짜기 아래서 넘실거리는 호수 그리고 호수 밑에 잠든 마을, 그 모든 것을 감싸안은 비는 멈출 줄을 몰랐다.

"왜 그 아이죠?"

보육원 응접실의 낡은 소파 한쪽에서 단호한 목소리가 울렸다.

"한 번도 만난 적 없고, 아무런 관련도 없는 분이 어째서 그 아이에게 유산을 남기신 거죠?"

탁자를 사이에 두고 마주 앉은 초로의 신사에게 따지듯이 물었지만 상대는 대답이 없었다.

"죄송합니다. 변호사님."

가냘픈 목소리로 말을 꺼낸 사람은 소파 가운데에 앉아 있는 원장이었다. 원장은 다부진 체격과는 어울리지 않게 작은 목소리로 변명하듯 조곤조곤 말했다.

"모리 선생님은 아주 오랫동안 그 아이를 담당해 왔습니다. 그런 선생님이 아무래도 확실히 여쭤보는 편이 좋을 것 같다고 해서요. 그러니까 그… 좀 더 자세한 설명을…."

원장은 거기까지 말하고 동의를 구하듯 옆에 앉아 있는 선생님 쪽으로 시선을 돌렸다. 선생님은 고개를 끄덕이더니 변호사에게 말을 건넸다.

"물론 저희는 츠다 님께서 보육원에 보내 주신 온정에 깊이 감사드립니다. 하지만 그 아이에게 츠다 님이 거액의 유산을 남기셨다는 말씀에 솔직히 놀랄 수 밖에 없었답니다. 츠다 님은 그 아이를 한 번도 만난 적이 없으시니까요. 그렇게 결정하신 이유를 좀 더 자세히 설명해 주실 수 있을까요?"

그때까지 한마디도 없던 변호사가 그제야 낮고 부드러운 목소리로 말하기 시작했다.

"놀라시는 것도 무리가 아닙니다. 저도 츠다 여사님이 왜 그 아이에게 유산을 남겼는지 설명을 전혀 듣지 못했으니까요. 여사님은 지금으로부터 3년 전에 돌아가셨습니다. 손자와 같이 차를 타고 가다가 토사가 무너져 내리는 바람에 두 분 모두 목숨을 잃고 말았지요."

변호사는 인자해 보이는 미소를 지으며 그들을 바라봤다.

"여사님은 돌아가시기 전에 유서를 남기셨습니다. 마치 본인의 죽음을 알기라도 한 듯이 사고 직전 세 통의 유언장을 우체통에 넣어 두셨어요. 한 통은 츠다 그룹의 이사회 앞으로, 다른 한 통은 고문 변호사인 제 앞으로, 마지막 한 통도 제 앞으로 보내셨는데 '받는 사람'에는 두 아이의 이름이 쓰여 있었습니다. 그리고 제가 받은 편지에는 여사님이 돌아가신 후 보유 재산에 관한 유언이 적혀 있었습니다. 그 유언장에 따르면 상속인 두 사람 중 한 명이 바로 이 보육원에 있는 미즈키입니다."

불안한 시선을 주고받는 두 사람에게 변호사는 인자한 미소를 지어 보였다.

"유언은 고인의 뜻에 따라 3년 동안 밝힐 수 없었습니다. 그래서 이제야 제가 여기 온 것입니다. 저는 여사님이 왜 이런 유언을 남기고 두 사람을 상속인으로 지정하셨는지 모릅니다. 두 사람에게 남긴 편지에 그 이유가 있으리라 짐작할 뿐이지요. 편지 또한 3년 동안 봉해진 채로 제가 보관해 왔습니다. 여사님은 상속인 두 사람이 함께 있는 자리에서 편지를 개봉하길 원하셨습니다. 장소와 날짜도 지정해 두셨지요. 올해 7월 23일, 저녁 6시 30분에 츠다 여사님의 별장에서 두 사람이 만나게 해 달라고 하셨습니다. 그 별장은 호월장이라 불리는 곳으로 호수가 내려다보이는 망월산 자락에 있습니다. 별장도 두 아이에게 남긴다고 하셨습니다."

"저… 또 다른 상속인은 어떤 아이죠? 츠다 님과 연고가 있는 아이인가요?"

원장이 망설이며 변호사에게 물었다.

"아니요. 그 아이도 츠다 집안과는 아무런 관련이 없습니다. 여사님과 혈연관계에 있는 사람은 이제 아무도 없습니다. 유일한 혈육인 손자마저 사고로 돌아가셨으니까요."

"그럼 대체…?"

질문을 던지는 원장 앞에서 변호사는 여유로운 미소를 지어 보였다.

블라인드가 내려져 있어 어슴푸레한 응접실 소파에 앉은 그의 눈빛이 어렴풋이 푸르게 반짝인 것만 같았다. 두 사람은 흠칫 놀라며 숨을 삼켰다.

변호사는 이내 눈을 가늘게 뜨고 눈동자에 깃든 빛을 애써 감추며 차분하게 대답했다.

"다른 아이의 이름은 아카리라고 합니다. 여사님은 미즈키와 아카리를 상속인으로 지정하셨습니다. 유언장 마지막에는 이렇게 적혀 있더군요.

"달의 이름을 지닌 두 아이에게 사랑을 담아 작은 선물을 보낸다."

두 개의 달

초판 1쇄 인쇄 2025년 6월 12일
초판 1쇄 발행 2025년 6월 19일

글 도미야스 요코
번역 이구름

펴낸이 김선식
펴낸곳 다산북스

부사장 김은영
어린이사업부총괄이사 이유남
책임편집 박슬기 **디자인** 남정임 **책임마케터** 신지수
어린이콘텐츠사업4팀장 강지하 **어린이콘텐츠사업4팀** 남정임 최방울 최유진 박슬기
어린이마케팅본부장 최민용 **어린이마케팅2팀** 최다은 신지수 심가윤 **기획마케팅팀** 류승은 박상준
미디어홍보본부장 정명찬
편집관리팀 조세현 김호주 백설희 **저작권팀** 성민경 이슬 윤제희
재무관리팀 하미선 임혜정 이슬기 김주영 오지수
인사총무팀 강미숙 이정환 김혜진 황종원
제작관리팀 이소현 김소영 김진경 이지우 황인우
물류관리팀 김형기 김선진 주정훈 양문현 채원석 박재연 이준희 이민운

출판등록 2005년 12월 23일 제313-2005-00277호
주소 경기도 파주시 회동길 490 **전화** 02-704-1724 **팩스** 02-703-2219
다산어린이 공식 카페 cafe.naver.com/dasankids **다산어린이 공식 블로그** blog.naver.com/stdasan
종이 스마일몬스터 **인쇄 및 제본** 한영문화사 **코팅 및 후가공** 평창피앤지

ISBN 979-11-306-6666-2 (73830)

- 책값은 뒤표지에 있습니다.
- 파본은 본사 또는 구입한 서점에서 교환해 드립니다.
- KC마크는 이 제품이 공통안전기준에 적합하였음을 의미합니다.
- 아이들이 책을 입에 대거나 모서리에 다치지 않게 주의하세요.